ファウスト 第Ⅱ部（前）

Faust Zweiter Teil
Erster & Zweiter Akt

J・W・ゲーテ　作
勝畑耕一　訳
種川とみ子　画

文治堂書店

眠りから脱して「新しく巡る日々に思いを馳せ、迷いなく大胆に進みなさい」と妖精たちはファウストに語りかける。

ホムンクルスの誕生を待つワーグナー、見守るメフィスト。奥の寝台には横たわるファウストが。

白鳥に化けたゼウスはレダに近づいていく。ホムンクルスはファウストの見ている夢をのぞいている。

夢を見続けるファウストを地上で再生させるため、ワルプルギスの夜祭りに連れていくことをホムンクルスは提案する。

堂々として静かに水上を連れだって進んできた白鳥たち。緑の奥の繁みには女王が。

オリエントの神スフィンクスは、古代エジプト・アッシリア帝国では王宮・神殿・墓の守護神であった。

ファウスト　第Ⅱ部（前）・目次

第一幕

第二幕

ファウスト

第Ⅱ部（前）

第一幕

優美なる地

ファウスト、花咲く野に身を横たえ
疲れて不安のなか眠りを貪ろうとする
　日暮れ
妖精たち、漂うように飛び回る
その優雅にして小さな姿

大気の精アリエール*（アイオロスの奏でる竪琴の伴奏で歌う）

　花びらが春雨のごとく
生きる者すべての頭上に漂い降り注ぐとき
野や畑に芽吹く一面の緑が
みずみずしく地上で生を受けたものに輝くとき
小さな妖精たちは霊の力に溢れ
心を寄せる人を救うため急ぎ飛び行く。
清らかな人にせよ悪しき人にせよ
幸なき人の傍らで妖精は嘆き悲しんでいる。

アリエール
大気の精、第一部の「ワルプルギスの夜」にも出ている。

この方の上を漂う妖精たちよ
軽やかに輪を描きその気高い力で鎮めてほしい。
胸の内にある苦しみを和らげ
身を焼くほどの自責の鋭い矢を抜き取り、
恐ろしい戦慄から遠ざけ、澄んだ心にしてほしい。
四つの区分*に隔てられる夜
そのどれをも優しく満たしてほしい。
この方の頭を冷たい枕にそっとあてがってほしい。
忘却の河*の水にひたせば
安らぎの中で力が甦り、夜明けを迎えた時
こわばっていた手足もしなやかになり
妖精の手で一番美しい義務を果たすため、
この方に再び神聖な朝の光を浴びさせてほしい。

妖精らの合唱　（一人、二人、大勢でさまざまに寄り添い）
　緑に囲まれた野辺に
そよ風が生暖かく満ちると
甘い香りが広がり、霧の帳（とばり）がおりて
黄昏がやってくる

四つの区分
昔ローマの夜警は夕方から朝までを四つに区切って警護していた。
忘却の河
レーテ河、ギリシャ神話ではこの川の水を飲むと地上の記憶を失うとされた。

静かに無事の喜びを囁き
ゆりかごの安らぎのなかで眠りにつく
そして疲れた男の目を優しく閉じて
昼の扉が閉ざし始める。

夜が早くも闇を成して訪れ
清らかな星がひとつ、またひとつと結ばれ
明るく、小さく瞬く
近くできらめき、遠くで輝く
ゆらめき輝く、いま湖面に影を映し
きらめき輝く、澄んだ夜空にも
幸多き深い安らぎを護りつつ
月は厳かに夜を照らしだす。

やがて時が過ぎゆくにつれ
苦しみも幸せも消え去っていく
思いのままに！　お前は癒される
新しく巡る日に思いを馳せよ。
谷間は緑に萌え、丘は盛り上がり
憩うに心地よい茂みは影をつくる

銀色に揺れ動く稲穂の波
穀物は実りの日を待っている。

さまざまな願いを実現したいのなら
稲穂の輝きに目を向けよ！
薄く微かにお前を包むもの
眠りは殻にすぎない、もはや投げ捨ててしまおう！
他の人が臆して避けて通るなら
お前は迷いなく大胆に歩め
物事を知り即座に踏み出すなら
高貴なる者は何事をも成しえるのだ。
（すさまじい響きが太陽の接近を告げる）

アリエール　聞くがいい！　時の女神ホーライ*の嵐を！
霊たちの耳にはもう
新しい一日の誕生が聞こえている
岩石の扉はきしみつつ開き
太陽神アポロンの駆る車輪が毅然と走り出る
何という轟音を光は運んでくるのか！
小ラッパ、大ラッパがどよめく、

時の女神ホーライ
アポロンが現れるとき天の扉を開く役目の女神。季節を意味するホラの複数形。ゼウスの娘。

目はしばたき、耳はすくむ
まだ知らぬ音は、聞こうにも
耳の能力を凌駕してしまう
深く潜り込め、花の冠の中に深く身を潜めよ
岩の裂け目に、木葉の下に
あの音に襲われては耳が潰れてしまうから。

ファウスト　生命の鼓動が生き生きと脈打てば
あふれる霊気が暁の空に優しく会釈をする。
大地よ、お前は夕べもまた変わらず
この足元で新たな活気に息づき
悦びの中この俺を包んでくれた。
お前がこの地上で目指す強い決意とは
最高の姿を力強く前へ進めることにある。——
早朝の光に世界はすでに隅々まで明るくなり、
森には生命をもつ幾多の声が鳴り響く。
谷から谷へ霧が帯を成して流れ
天上の清らかな光は透過し低地へと流れ込み
うなだれ眠っていた大枝、小枝は生気を取り戻し
芳しい香りの中で芽吹き始めるのだ。

深い森から次々と鮮やかな色が生まれ
草や葉から真珠のような朝露が滴り
今まさに天国が生まれようとしているかの思いだ。
見上げれば！　――巨峰の頂は
厳かな時の到来を告げている。
まず先立ってあの頂に永遠の光は訪れ
やがて下って我々のところへ流れ届くのだ。
いまや山々の緑の斜面にも新たな輝きが贈られて、
鮮やかに浮かび上がり
光は順を追って下方へ届きはじめる。
いま姿を見せた太陽！
しかし何としたことだ。俺は光に盲目となり
痛みに耐えかねて顔をそむける。

おそらくそうなのだ、切なる願いが
やっとの思いで最上の望みにわだかまりなく迫り
成就への門戸が大きく開かれるのが分かったとき、
その永遠の深みから突然噴き出るすさまじい炎を見れば、
成すすべなく恐れ立ちすくむしかない。
ただ生命の松明に火を点じようと望んだだけなのに、

我らを取り囲むのは火の海だ。なんという炎か！
愛か？　憎悪か？　我らを炎の中へ巻き込むのは
交互に襲う激しい痛みと喜び。
大地に目を転じれば
いま再び生まれた朝霧の中へ身を隠すしかない。

それならば太陽よ　我が背後にあってくれ！
岩礁からごうごうとたぎり流れる滝を
眺めるうちに、何か歓びの思いが生まれてくる。
急な傾斜から傾斜へほとばしる滝は
千の流れを吹き出し万の流れの水音とともに
すさまじい白いしぶきを空へまき散らす。
しかしなんと壮大なことか
この流れから萌え出て、色鮮やかな弧が
消えたり現れたりを繰り返している。
はっきり描かれたかと思うと
すぐまた薄れて空に散って
涼しい霧となってあたり一面に広がっている。
この虹にこそ人の営みが映されていて
もっと熟知すれば、もっと納得できるはずだ人生とは彩られた輝きの様々な陰影に過ぎないことを。

皇帝が暮らす城・王座の間

大臣たち、皇帝の登場を待つ。
ラッパの響き。
すべての家臣、皇女、きらびやかに着飾り現れる。
皇帝は玉座に着き、右手には天文学士が控える。

皇帝　皆のもの、まことにご苦労、
ようこそ遠近から参集いたしてくれた――
天文の賢者は脇に控えるが、
はて道化はどうしたのだ?

お付きの若者　皇帝の裾を追いつつ
階段の途中で崩れるごとく倒れ、
あの脂肪太りはすぐに運び出されましたが、
はて死んだのか酔っていたのか、わかりませぬ。

第二の若者　するとその場に何とも素早く
別の者が割り込んできました。
めかしこんでも、誰もがたじろぐ異様な顔。
門兵が入口で三日月槍を十字に組み、
奴の入城を阻んでおります――。
やっ、入ってきた、なんと図々しい！

メフィスト　（玉座の前にひざまずく）
いつも嫌われつつ歓待されるのは何者でしょうか？
待たれつつも追い払われ、
いつも愛されつつ厳しく叱られ、
その足元に寄せてはならぬのに、
玉座の階に近づく者、さて何者でしょうか？
皆がその名を聞いて安心したがるのは？
追い払われる役目を任じて、
姿を消したものはいったい何者でしょうか？

皇帝　つまらぬ戯れ言など要らぬわ！
謎解きなどもってのほか。
そんなことはここに居並んでいる者に任せよ――。

貴様が解くか！　それなら喜んで耳を貸そうぞ。
老いぼれ道化は旅立ったというから、
お前が代わりだ、余の脇に来い！
（メフィスト立ち上がり、玉座の左へ）

大衆の呟き　新しい道化だ――。またひと騒動か――
どこから舞い込んだ？　どうやって潜り込んだ？
こけた奴を――追い出したのはあいつか――
前任はでぶの酒樽、今度はかんなっ屑のやせ男だ――

皇帝　ところで皆の者
よくぞ遠近より参集してくれた、何よりの思いだ――。
よき星の下に巡り会えた。というのも、
幸運と祝福が大空には描かれるこの時期
これまでなら心配や苦労をよそに
この謝肉祭の時期には、仮面をつけて
仮装舞踏会などで面白おかしく過ごし、
明朗な気分に浸ろうというのに
なぜ皆を集め、面倒な評定をせねばならぬのか。
それはその方たちが是非に、と申したからだが、そうなら、とにもかくにも評定を始めてほしい。

官房の長　最高の徳が輝いております、
聖者の頭上を囲む光輪のごとくに
皇帝のみがその徳を正義として施せるのです。
万人が愛し、望み、それなしでは暮すに値しないもの。
その正義を下々まで及ぼせるのは、
しかしああ！　皇帝の力のみなのです。
しかるに国中どこもが熱病を患ったかのように
荒れ果ててしまい、精神に理性があり、
心に慈悲があり、手に器用さがあったとしても、
災いが次の災いを生ずれば、
皇帝のお力のみに頼ったところで
いったいどれ程の役に立ちましょう？
この高き玉座の間より国の隅々を眺め回すと、
わが物顔で振る舞う数多くの化け物がおり
それは悪夢をみるに等しいのです。
無法が法を押さえつけ、偽りの世界が広がっている。

家畜を奪い、婦女を犯す者、

教会の祭壇から聖杯、十字架、燭台を盗む者、
堂々と闊歩し、むしろ長年の悪行を自慢する者、
いまや訴え出る者は、広間にあふれ後を絶たず、
裁き手は高き座につき威厳を保っているばかり。
いっぽう外では群衆の怒りが暴徒となるべく、
大波のように押し寄せてまいります。
悪事を成す側に共犯たる後ろ盾を得れば、
自ら誇って大手を振って歩けるのです。
自分以外に頼るべきものなき由に、
有罪！　の烙印を押されるのは無実の民で
こうして人心はばらばらになり、
すべての世の道理はなくなるのです。
この有様で善悪に導く人の道義が育つでしょうか。
心正しき者さえ、いずれは
へつらいに転じ、賄賂になびき、
正しく罪を裁くべき者さえ、
ついには自ら犯罪の側に加担する始末。
歯に衣着せず色々と申し上げましたが、
見回せば、何とも暗い世相を描いた一幅の絵を、
厚い布で覆い隠したいのは山々です。

だがいまはもうご決断しかありませぬ。
万人が悩み傷つけあう有様では、
皇帝の尊厳すら危うきことに陥ります。
（間）

軍隊の長　近頃の世の乱れはどう例えたらいいのか！
民が民を敵として殺し合い、
我らが指令に耳を貸そうともせず、
町人どもは市を囲む壁の背後に隠れ、
騎士たちは岩山の砦に立て籠る。
我らに対抗すべく力を誇示し、一歩も引く気などない。
傭兵共もしびれを切らし
給金の支払いをせがんで騒ぎたて、
そのくせ支払い終えると、
蜘蛛の子を散らしたごとくの逃げ足だ。
皆が好き勝手にしていることを
今もし禁じたなら、さらに天地動転となり、
民によって本来護られるべき我が帝国は、
収拾もつかず、略奪にさらされ荒廃し、
もう成す術なく領土の半ばを失う立場だ。

周りの領邦国家にあっても、この現状を
本気で憂いている王は一人としておりませぬ。

財務の長　なんで周辺の王などあてにできましょうか！
約束したはずの支援金など、
湯水のごとく漏れ出し消えてしまうお粗末。
このご主君の広大な領地もいったい誰のものか？
どこへ行っても見知らぬ顔が一家を名乗り、
誰の忠告も受けるに及ばぬ、と気勢を上げる始末。
ただ黙って見過ごすより、
こちらとしては他に手立てがありませぬ。
文書で多くの権利を譲り渡したあげく、
残った対価は無に等しく、
いまや多くの党派があっても信を置くに値せず、
罵りも称賛も、愛も憎しみもその場限りのもの。
皇帝派も教皇派も、裏で安息をむさぼるのみ。
さて当節、同盟同志とはいえ
隣の国を当てにできましょうか。
誰もが我がことで手一杯という有様。
御用金が流入する窓口はとっくに封鎖され、

世の民が掻き集めて懐に入れてしまい、
国庫にはびた一文も入らないのでございます。

宮内の長　この私も、災いに耐えに耐えております！
節約第一に努めながら、
出費は日ごとに増すばかり。
日々更なる労苦がのしかかります。
幸い料理長が食材に困らないのは
猪、鹿、兎、のろ鹿
七面鳥、鶏、鵞鳥に鴨、
小作料代わりの現物納付があるからです。
とはいえ、葡萄酒はもう飲み干してしまいました。
昔は最良の産地の当たり年の樽が
地下の酒蔵にうず高く積まれておりましたが
身分の高き方々が、きりもなく飲み続け、
もう最後の一滴も残っておりません。
市町村の寄合で蓄えた余財をなんとか用立てても
はては大杯を鉢にも注ぎ、
床にまで美酒を飲ませ食べさせる始末なのです。
ところがその代金はこちらの負担。

あのユダヤの金貸しが情け容赦もなしに
先の年貢を担保に求め、
我等は前もって歳入を借り込まざるをえず
豚さえ肥える暇がなく枕や布団も質草となり、
パン代さえずっと先のつけで支払うという始末なのです。

皇帝　（やや思案顔でメフィストに向かい）
どうだ道化、お前にも何か文句があるだろう？

メフィスト　この私めでしょうか！　とんでもありません。
陛下とご家来の輝く様子をただ拝するばかり！
陛下のご威光から命が下され、
万全の威勢で敵を放逐するなら、
一体なんの不服が私めにありましょうか？
しかもお側には善意と知恵の家臣たちに加え
創意溢れる臣下が幾重にも控えています。
どんな密約からどんな災いが起ころうとも、
星ときらめくご家来が暗黒の世になどさせはしない？

人々の呟き　曲者（くせもの）だな——心得た奴だ——

嘘を固めて売り込む——ばれぬまでずっとな——
見え見えだ——その腹黒の中は——
さて一体次の手は？——見せかけの妙案があるのさ——

メフィスト　この世に足りぬものがない所がありましょうか。
あっちではこれがない、こっちではあれがない。
そしてこの国にはお金がない。
金子銀子は床に落ちてはいないが、知恵さえ使えば、
地底に隠れているものを調達する技量も生み出せる。
では金鉱をどうやって誰が、とお尋ねになるなら、
自然の力と創造精神を内に秘めた男が、である
と申しておきましょうか。

総務の長　自然と精神*だと、
キリスト教徒に対しては使わぬ言葉だ。
その手の言葉は危険この上もないから
無神論者を焼き殺してきたのだ。
自然は罪悪の始まり、創造精神などは悪魔の技だ。
二つが契り合い「懐疑」という醜悪な産物を育てる。
陛下のこの帝国にそんなものは必要としない！

自然と精神
小さな領邦国家なので、この総務の長は教会の司教を兼ねている。
神を冒涜するどんな考えも許せるはずがないというのだ。

恭しくも古き時代から二つの職位が、
代々にわたり玉座をお守りしてきた。
それは聖なる僧侶と騎士の面々。
彼らこそいかなる風雪にもめげず、
代価の勲として教会と国土を手にしてきた。
反乱の旗を掲げる者どもが時として驕れる知性で、
愚民の気紛れを煽り、謀反を企てた。
それこそが異端の輩！　魔法の類いだ！
そういう手合いが国家、国土を荒廃させる。
そのような考えを、お前は図々しくも冗談のごとく、
この高貴な場に売り込もうとする。
皆がこの不届者の申すことにのめり込めば、
異教をもつこの道化に同調することになるのだぞ。

メフィスト　なるほど、学者としてのお立場だ！
ご自身で触れぬものは遠く離れてあり、
ご自身で掴めぬものはどこにもないとし、
ご自身で教えられぬものは真実と思わず
ご自身で量ってみぬ限り重さがあると信ぜず、
ご自身で造られた貨幣以外は世に通用せぬ！　という。

皇帝　そんな言葉の方便で今の窮乏は解決せぬぞ。
この期に及び断食節の説教*めいた物言いが何になる?
こうしたら、とか、仮に、とかはもうたくさんだ。
金がないのだ。作れるものなら作ってみろ!

メフィスト　お作りしましょう、いや更に上乗せして。
たやすくはあれども、そのたやすさが難しい。
すでにネタなるものはあるとはいえ、
それを現実にどう手にするのか
それをどう形にするのか、それには技術が要る!
思い起こしてみれば、あの恐怖の時代、
迫害、内乱によって国も民も滅ぼされる寸前
まさに内憂外患、おののき慌てた人たちは、
大切な品々をあちこちに埋めて隠しました。
偉大なるローマ帝政時代から昨日まで、
いや昨今もしかり、変わらぬ世の常でございます。
それ以来国土は皇帝に属するのですから
埋もれている金銀は陛下に収まって当然なのです。

断食節の説教
懺悔を促す説教。

財務の長　道化の分際でなかなか賢い物言いだ。
なるほど、地中のものは古来より陛下のものとなる。

総務の長　悪魔が金糸で織った罠を仕掛けている。
どうも神の思し召しとは無縁のようだ。

宮内の長　宮廷の暮らし向きが改善するならば、
多少の不正は大目に見るとするか。

軍隊の長　なかなか賢い道化だ。
皆に役立つものを持ってくるという。
軍人は金の出どころなど気にはしない。

メフィスト　もし私が信用ならんとお思いなら、
学士！　占星術の大家にお尋ねください！
天空の星の宿りと時の法則をよく知るお方だ。
天空が今どのような現状かをお教えください？

人々の呟き　胡散臭い二人が――示し合わせ――
道化とほら吹きが――玉座の近くに寄り、

聞き飽きた弁舌――古い小説もどきの――
道化が仕込んで――賢者に喋らす。

天文博士 （メフィストが囁く通りに）
かの太陽は*たとえていえば純なる黄金。
かの足速い水星は流れる水銀、
太陽からの愛と給金を求めてお仕えする。
かの金星は銅をもつ女神として皆に好意を寄せ、
宵の口や明け方に優しいまなざしを注ぐ。
月の女神はいまだ恋を知らず、気ままに銀色に輝く。
かの火星は鉄の軍神、殺さずとも脅しには長けている。
木星は錫の輝きがなんとも美しく
土星は大きいはずだが、我らには遠く小さい。
その鉛に値打ちはないが、重さはとびぬけている。
さても、太陽の神に月が優しく寄り添うとき、
金と銀の輝きがひとつになり、清明な世界となる。
すべて望んで得られたのは
宮殿、庭園、可愛い胸のふくらみ、桃色の頬。
それらはすべて、私どもではまったく叶わず、
学深き者、その方が揃えてくれるのです。

かの太陽は…… 占星術では七つの星をそれぞれ金属で代表させている。

皇帝　申しておることがだぶって聞こえて*くるが、
　だからといって判ったわけでもない。

人々の呟き　こりゃ何だ？――ばかばかしい冗談か――
　星占いにしかり――　錬金術とやらか――
　昔からよくある話だし――　信用などできようか――
　二人目の男も――　きっとまやかし野郎だ――

メフィスト　皆さま驚いて、呆然として突っ立っている。
　貴重なる掘り出し物の件は信用もせず、
　あちらでは魔法の木の根アルラウネ*だ、と噂話をし
　宝を嗅ぎ出すという黒犬を信じて疑わない。
　気の利いた風な無駄口をあちこちでたたき、
　魔法を罵ったところで、何の足しになるもんですか。
　足の裏が痒ければ*確かな一歩が踏みだせないから
　何の予兆か、との思いが錯綜するのは至極当然だ。
　皆さまだって、その身で感じているはずだ
　永遠に作用する大自然の神秘な力と働きを。

だぶって聞こえて
メフィストが天文博士に囁く声と重なって皇帝に聞こえている。

アルラウネ
処刑台の下に繁茂し、脚を変型させた醜い形の植物。様々な魔力を持つとされる。

足の裏が痒ければ……
地中にある宝は、その上に立ち、足の裏が痒いことで感じ取れるというのである。

それはつまり深くも深い地中から、
命あるものの証がねじれて昇ってくるからだ。
何の理由もなく手足がしびれ、
どことなく気味が悪い――ともなれば、
即決して鍬を手にとり、地面を掘り出すのです。
すると埋まっているのは旅芸人か、宝物の数々。

人々の呟き　おや、足が鉛のようだ――
腕がひきつる――　痛風かな――
足の親指がむずむずするぞ――
背中があちこち痛くなった――
そうするとこの下には
宝が埋まっているに違いない。

皇帝　急げ！　もうお前は逃がしはせぬぞ。
出まかせや嘘ではないことを証明してみよ。
お前の口から宝の在り処を言ってみろ、
もしそれが真実なら剣や王笏を投げ捨て、
このわしも自ら両手に鍬を持ち、確かめよう。
もし嘘なら地獄へ突き落されると思え！

メフィスト　地獄への道なら存じ上げていますが――
とにかくこの世界のいたるところに
眠り続けている宝が
山ほどあるという事実が肝要なのです。
畑を耕す農民が土くれの中に
金の壺を掘り当てたこともございます。
粘土の壁からしみ出した硝石を採ろうとして、
思いがけなく金貨をひと握り見つけたことも。
そんなとき、貧しき手は嬉しさのあまり震えております。
さらにわが物にしようと宝探しに通じた者は
ほら穴の天井を崩し、岩の裂け目でも坑道の奥でも、
大胆に死の国の隣まで掘り続けたのです！
昔あった地下の広い酒蔵などには、
黄金の大杯や小鉢、それに皿などが
列をなして並んでいたりします。
ルビーをくりぬいた杯も並んでいて、
その脇には太古のまま眠る美酒もある。
だが飲もうとすると
いや、――これは本当にあった話ですが――

樽の木は朽ち果て、固くなった酒石が樽代わりになり、
古酒を満たしているのです。
金銀、宝石ばかりでなくそうした高貴な搾り粕まで、
夜の闇に埋もれているのです、
賢者はその闇に身を預け、更に探索を続けるのです。
昼間の世界で見つかることはほんのわずか、
暗闇にこそ本当の神秘は宿るのです。

皇帝　そこはお前に任せておく。
だが暗闇にあるものが何の役に立つのか?
明るい地上にあってこそ、
値打ち物はこの目で確かめられる。
暗くては悪者の見分けもつかぬではないか。
ことわざにある通り、
夜の牛が黒いなら、猫は灰色と決まっている。
地下に金貨でいっぱいの壺があるなら、
目の前で、この地上へもってきてみせてみろ。

メフィスト　ですから、ご自分で鍬や鋤をお持ち下さい。
畑仕事は陛下のご威光を増しますぞ――

金の仔牛*が続々と出てくるに違いありません。
そうなれば恐れることなく、満足も極まり、
ご自身とお妃を飾り立てることができる。
光り輝く色とりどりの宝石はご容姿に加え
皇帝の権威にご威光を高めるに違いありません。

皇帝　早くしろ！　もういい。ぐずぐずするな！

天文博士　（メフィストの語りに追随して）
恐れながら、そのはやる心を抑えておいて
まずは晴れやかな祭りを、ということで。
気がそわそわしては、物事の成就は叶いません。
まず御心を鎮め、神意を敬い、
天上に通じて後に、地下界の財を手に入れる。
善を欲する者は善き人たるべきでは。
喜びを望むなら、自らの血を鎮め、
酒を望むなら、まずは熟せる葡萄を搾るべきで
奇跡を見んとするなら、自らの信ずる心を強く持て、
と申しておきましょう。

金の仔牛
財宝のこと、旧約聖書
「出エジプト記」に拠る。

皇帝　ではそれまで、陽気に過ごそうではないか！
折もよし、祭り明けは灰色の水曜日が来る。
とにかくいつもより盛大に、
謝肉祭を祝うことにしよう。
（ラッパが鳴る、全員退場）

メフィスト　努力あっての幸せだということが、
あの馬鹿者連中には悟る時がないから。
賢者の石*を奴らが手にしても、
石はあっても賢者がいない、という風なのだ。

大会堂・周囲にたくさんの客間

仮装舞踏会のため飾りたててある

先導の者　お間違えのなきよう、ここはドイツ国境の外
悪魔や道化、死神の踊りなどは登場せぬ故、
晴れやかな祭りをお楽しみいただきたい。

賢者の石
錬金術で用いられる万能の霊石。「ハリポタ」にも同名の巻がある。

とはいえこの度皆さまを喜ばせようと、
皇帝は御身の目的に加えローマに遠征なされ
険しきアルプスの山々を越え、
風光明媚な国をも手中に収められました。
皇帝は法王の足元にひれ伏し、
支配の権限を請い願い、認められ王冠をもらい、
お戻りになられる際には、
私ども皆に南国の縁なし帽子を下されたのです。
さてみな生まれ変わったごとく
世慣れた人は誰しも機嫌よく
この帽子を頭と耳まですっぽりかぶる。
なるほど見かけは阿呆に見えますが、
帽子の中身はその者次第でしょう。
おや、大勢で詰めかけて来るようだ、
よろめき、ばらけ、あるものは二人仲良く、
また別の者が大勢で押し寄せてくる。
出る者入る者、ぐずぐずせずお入り下さい。
所詮この世は昔も今も道化による茶番劇
世間とは、大馬鹿者の生き様にすぎぬのだから。

庭の花守娘たち　（歌、マンドリンの伴奏）

皆さまの思いに沿おうと
フィレンツェからやって来た私たち
今夜こうして着飾って
ドイツ宮廷の華やかさに花を添えます。

とび色の巻き毛に
きれいな花々*をさした私たち
絹の糸と絹の布で花を造り
こうして装っているのです。

こういう色とりどりの飾り物を
優雅で素敵とお思いでしょう
こんな綺麗な造花なら
四季を通して飾っていたいから。

調和を考え整えて
色付きの紙、布、いろいろ集め
魅力あふれるいっぱいの花
一つだけではみすぼらしいから。

きれいな花々
おもにイタリアから輸入された造花など。

可愛らしくて色っぽい花守娘
庭作り師の私たち
女性の自然な感性は
技巧の道とは通じるものだから。

先導の者　乙女らの頭に乗せた花籠はあふれ
腕に掛けた花籠にも
花々がこぼれんばかりに。
お好きな分を急いで手に取って
廊下も部屋も
花と緑に変えましょう。
花売り娘も花々も、
皆の寵愛、受けるに相応しい。

庭師の娘たち　さあ、晴れの場にお花をどうぞ。
それなりに値切りの件もお受けします！
小さな紙に花の名と
一筆添えて差し出します。

実もたわわなオリーブの枝　羨む花はありません
争いごとはお断り、私の性に合いません
ですから領土の境に私を植えてください。
国土をしかと定めるのが役目ですから
どこの土地でも平和の旗印にして
今日の祭りの願いはひとつ
皆々様の頭上に置かれ
威厳の飾りとなることです。

金色の穂で編んだ冠　ケレース*の神から贈り物
きっと皆さまを美しく飾りましょう
実用的で民に望まれる物こそ
高貴な方々の装飾であるべきです。

空想の花冠　銭葵の花に似た色もとりどり
苔より生じる奇抜な花冠！
自然界にはない色ですが
世の流行による一趣向です。

空想の花束　私の名前をお教えしたいが

ケレース
ローマ神話の収穫の神、のちに大地の女神となる。

大賢人テオフラストス*も知らないはず。
誰からも、なんていいません
どなたかの気に召されて
せめて一本
髪に挿すか胸につけるか
どこかに飾ってほしいのです。
（挑戦的に）
空想より生まれた花々よ
自然にはない奇跡の美で咲かせてほしい、
その時代の流行を取り入れ
彩りのなか咲き誇り
釣鐘草の豊かに縮れた巻き毛から
緑わき立つ茎が生まれ
金色の花が光輝くように！――

薔薇のつぼみ
でも、そっと隠れていたいのです。
活き活きしたつぼみを見た人は幸せです！
夏が訪れ薔薇のつぼみが燃え初め
見つけた幸せを誰が要らぬと申せましょう？

テオフラストス
アリストテレスの門下で植物学の父とされる。

四季が巡り、その約束を果たすため！
我ら植物の楽園、目と心と魂とを掴み、
みな一様な思いにかけているのです。
（廊下の仮小屋のあちこちの緑の葉や枝に、
女たちが選んだ花を見栄えよく飾り付ける）

庭師の男たち　（イタリア製の低音リュート*の伴奏で歌う）
ご覧のように、花は静かに開き
皆さんの頭を綺麗に飾る
果実は何ら誘いの術を持たず
ただ味わい楽しんでほしいのさ。

この日焼けした顔で差し出された
さくらんぼや桃、すもも
見ていないで、買ってほしい
舌と口で味わって。

さあどうぞ、熟した果物を
おいしいか味見をしてほしい！
薔薇の花なら詩にもなろうが

イタリア製の……
テオルボ。ギターに似た14弦の楽器。

林檎は食べなきゃ意味がない。

さてお許し出れば、娘さんの
花のそばに置かせてくださいな
豊かに実った果実の山は
花とひときわ睦み合うから。

楽しく絡んだ枝の中
花と緑で飾り立てられ
何もかもすべてまとめて見てほしいんだ
つぼみも、葉物も、花も、果実も。

(男女それぞれが、ギターとリュートの伴奏で
交互に合唱する。客が見やすいよう果物を積む)

母と娘

母親 娘よ、お前が生まれたその日
小さな帽子を被せたっけね
その可愛い顔を覗いては
小さな身体を抱いたっけ。

その時もう、心に浮かんだ花嫁姿
娘を嫁がせるなら大金持ちに
そんな風に思い描いたのさ。

だけど！　月日がどんどん過ぎて
時間だけがどんどん経ち
まわりに大勢いたにはいたが
どういうわけか縁遠かった。
あっちの男にゃ気軽にダンス
こっちの男にゃ肘での合図
あれこれ試してはみたけれど。

出会いの工夫に苦労もしたが
いつも話はまとまらず
接吻遊びに椅子取りゲーム
恋人探しに何の成果も、なしのつぶて。
でも、なにしろ今日は無礼講
娘や、ぬかりなくお膝を開き
獲物を一匹引っ張ってこい。

若く美しい仲間が加わり、気の置けないおしゃべりで盛り上がる。
そこに、網、釣り竿、もち竿など道具を持った釣り師や鳥刺しの男が加わり、美しい娘たちと合流。互いに気を引こうと相手を抱く素振り、逃げる素振りなどの後、楽しい対話が始まる。

木こり連中（粗野に荒々しく）
場所を空けろ！　どいたどいた！
空き場所ないと仕事にならぬ
めりめりどしんと木の幹は
地響き上げて倒れるさ
俺たち担いで運ぶときにゃあ
そこにかしこにぶつかるぞ。
こう言っちゃあ何だが
木を切り世の役に立っているのが
俺たち木こりだ
荒っぽいのは野で働くから
上品、利口ぶった優男どもよ
お前らじゃあやってはいかれまい
忘れちゃ困るぜこの教訓を。

汗かく俺たちここにいてこそ
あんたら凍えず生きてける。

道化

（卑しく、愚かしく）
お前たちは能足らず
生まれついての腰曲がり。
俺たち賢い生き方は
重いものなど担ぐことなし。
それというのも道化の俺たち、
ふさなし頭巾にぼろ服で
軽い着心地着てる気しない。
どれもダブダブ、
いつものんびり、怠けてばかり、
屋内履きでどこへでも、
市場や人混み歩いては
ぽかんと口開け見物三昧。
仲間同士で馬鹿を言う、
鳥の叫びのそのままで
雑踏をぬらりくらりと
兎のように飛んだり跳ねたり、

仲間が集まりゃ、
やりたい限り、したい放題。
たとえ褒められようが叱られようが、
どちら様にもごもっとも、と
聞く耳もたずに言っておく。

居候
（媚びて物欲しげに）
薪を背負う、お元気な方々、
さらには義兄弟たる
炭焼きの方々
どなたもみんな我が一族。
それというのも、
感謝の思いを頷き示し
ぺこぺこお辞儀を欠かさず、
もってまわった世辞を言う
顔色をうかがい、その場次第で、
もちあげたり冷やかしたり
手の込んだおだても使い、
皆さま抜きではこの先進まないから？
なるほど火がどこから起こるか

天上よりも降ってはくるが
炎なしじゃ木炭車さえ進めない、
はたまた薪や炭がなかったら、
広いかまどが赤々燃え立つわけがない。
肉が焼け、湯がたぎり
料理が煮えて噴きこぼれるのは、
炭のおかげ、かまどの赤があればこそ。
居候なら、皿をも舐めて、
焼肉匂いで言い当てて、
魚料理も嗅ぎ当て申す。
それでこそ皆々様からお呼ばれし
舌鼓が打てるという道理。

酔客　（正体もなく）今日はなんとも自由な気持ち！
いやな話はご法度だ。
面白おかしく陽気な歌を
歌っておどけるこの俺様。
さあ飲むぞ、あびるまで飲むぞ！
さあ乾杯だ！　飲め、飲むぞ！
そっちのお前、こっちへ来いよ！

乾杯しようぜ、そう来なくっちゃ。

この俺の一張羅に鼻を寄せ、顔しかめ
怒って怒鳴ったのは俺の女房
俺がどんなに自慢しても
仮装用の洋服掛けだ、と罵った。
それがどうした！　とことん飲むぞ！
杯も高らかに、かちんかちんと飲むぞ！
お前らも洋服掛けか、どんどん飲むぞ！
かちんと杯鳴らせば、すべてよし。

はめを外すなだと、説教はご免さ、
昔馴染みのこの飲み屋。
ここがいいからここにいる。
亭主が駄目ならおかみさんの貸しで
それも駄目なら給仕女のつけだ。
とにかく飲むぞ！　断固とことん！
みんな飲め飲め！　大いにな！
杯交わせ！　気勢を上げろ
そうであってもこの世は事もなしさ。

どこでどうなろうと
俺のことはほっといてくれ、
寝たいところに寝転ぶから、起こすなよ
ああ、しゃんとするには酔い過ぎた。

合唱　　みんな飲め飲め、仲間だぜ！
元気いっぱい、乾杯しよう！
椅子にしっかり尻乗せて！
机の下で寝込んでも放っといてくれ。

先導の者が自然派詩人、宮廷歌人、恋愛詩人、情熱詩人等、それぞれの来訪の旨を報告するが、互いの朗読を邪魔しあう混乱が続く。一人が何か短く述べ、そのまま退場する

風刺詩人　詩人の端くれである私が
何を好んでするとお思いで？
それは誰も耳にしたくない歌を
歌い語ることなのです。

夜の詩人と墓の詩人は使いをよこして欠席を告げる。というの

は今しがた蘇った吸血鬼と何とも興味をそそる会話の最中だから、というのです。おそらくそこから新たな詩想が生まれるのでしょう。
これからギリシャ神話の諸人物を呼び出すのですが、近代の仮面を付けてはいても、彼女たちの個性と妖艶さは昔のままなのです。

優美な女神たち*登場

アグライア
この世に優美をもたらすのは私たち三人
何かを与えるにも優美な仕草で。

ヘゲモネ
願いが叶うには、優美さを胸に
何か望むにも、心優しい所作が望ましい。

エウプロシュネ
平穏な日々が続いている時こそ
感謝の念に最高の優美を込めましょう。

優美な女神たち
心からの護呈を伝えるアグライア。心からの愛を伝えるヘゲモネ。心からの感謝を伝えるエウプロシュネ。

運命の女神たち*登場

アトロポス
　今日の祝いでは最年長の私が
糸を紡ぐために招かれ
命が灯る細糸を手元に引くのですが切れやすく
様々な思いが、様々に去来するのです。

しなやかで強い糸に、と思い
上等の亜麻を選び
こぶの出来ぬよう細く滑らかに
慣れた手つきで。

遊びにも踊りにも身を任せたとき
度を過ごし我を忘れないこと
限りある糸の長さも考えてご用心下さい。
用心なさい！　切れやすいから！

クロト　ご存知ですか、
私は近頃はさみを預かっているのです
というのも姉さんの使い勝手が

運命の女神たち
限りある生の糸も断ち切られる、と予言するアトロポス。ハサミを隠し生命の喜びを紡ぐクロト。理性で正しい方向へ導くラケシス。

世の人には不評だからです。

あの人は訳もなく運命の糸を手繰り
光と風をたっぷりと送る一方で
明るい希望の糸をぷっつり切ってしまい
墓の穴へと引いていくのです。

若さゆえに、この私も
犯した過ちは数知れず、ということで
今日は早まったことをせぬよう、
はさみは箱の底に収めてきました。

そんな風に自らを戒めたので、
今日は楽しく見物するだけ
この解放された時間と空間に
底なし無礼講をこの目にやきつけたいから。

ラケシス　分別あるのはこの私だけ、
秩序を保つのが私の役目。
糸繰り車は、休みなく動き

快調に乱れることなく進みます。

流れる糸は糸車に巻きつけ、
絡まぬように正しい位置に据え、
一本たりともはみ出させぬ、
どの一筋も輪に合わせて。

ほんの少し気を許せば
世界は上へ下への大騒ぎとなり
回しつつ時を数え、年を計る
織り手の神は糸束を自ら手にとるのです。

先導の者　どれほど古典の文献に詳しくとも
これから登場する者が誰かは当てられない
悪霊たちが災いをしでかすのですが
見ている分にはそれなりに面白い。

復讐の女神たちは容姿端麗で歳も若く
だからまさかと信じがたいでしょうが
気を許し、付き合ってみればすぐわかる

鳩の姿の下に隠しもった蛇の毒牙を。

なるほど悪知恵ついた女たちですが
今日という日は天下の馬鹿者が欠点を自慢して
さすがに天使の評判とは比べられないが
町でも村でも厄介者と名乗っているのです。

復讐の女神たち*

アレクト　皆さんが心許してくれる私たち
こんなにも可愛くて若くて子猫のように甘ったれ
若い恋人をおもちなら
甘い言葉でお耳をくすぐります。

そして膝突き合わせ、こっそり打ち明ける
可愛いあの娘は他の男にも色目を使い
頭空っぽ、そのうち背も曲がり、足も不自由に
結婚には向かないと。

それから嫁さんいじめもお手の物
ご主人になる男はつい先だって別の女に、

復讐の女神たち
蔭口で男女の仲を裂くアレクト、嫉妬心を掻き立てるメガイラ、殺意さえほのめかすティシフォネ。
復讐に燃える女神たち。

あなたの悪口をいったよね、とか――
仲直りしても、その後も後味悪くしてあげる。

メガイラ　その程度は子供だまし！　結ばれた後には
幸福をすぐさま苦い気分にさせる役はこの私
人の心は移ろい、幸福の絶頂も時と流れて
人の心は常ならず、今日は昨日の恋ならず。

最初の素晴らしい幸福に安住できる人は稀です。
もっといいものを愚かにも求め、
得られた幸せに慣れてしまうその先では
輝く日向を見捨てて冷たい日陰を温めようとする。

そのあたり、私は万事心得ているので
親しい破談好きのアスモディ*を呼び寄せ
しかるべき時機に不和の種をまき散らし
結ばれた男女を裂き割きまくるのです。

ティシフォネ　罵倒や毒舌では足りず
裏切り者の食卓には毒を盛り

*アスモディ
結婚を破談させる悪霊。

胸に刃を刺さなければ気がおさまらぬ
心を他に移せば、いずれその身は滅ぶが定め。

つかの間の甘くとろける楽しみは
やがて苦く泡立つ毒となり身体を駆け巡る！
取引、かけ引き、一切拒絶——
自業自得の報いがあるのみです。

許しの歌など聞く耳もないのです！
このことを断崖に向かって叫べば、
こだまが！　聞こえてくる！　復讐あるのみ、と——
浮気をする男女、どちらも死すべき定めなのだ。

先導の者　皆様、どうか通り道をお譲りください、
というのも、これからちと格上の方が見えます。
山と思える軍団が*近づいて来る、その両脇には、
これ見よがしに色鮮やかな絨毯を掛け、
頭には長い牙に、大蛇に似た鼻をもち、
何なのか得体が知れない、その謎を解く鍵は
太い首の脇に一人座っている華奢な婦人

山と思える軍団が……
国家を巨象として寓意している。
統治には欠かせない「恐怖」と「希望」を左右に従え、首には勝利の女神ビクトリアが「知恵」を携えている。

細い一本の鞭で巨体を正確に統率している。
もう一人、背中に晴れやかに立派な女性が座り、
その女神のような崇高さには目もくらむほど。
両脇には高貴な婦人が鎖と共に歩を進めているが、
一人は恐怖の顔、もう一人は希望に溢れているようだ。
一方はまだ見ぬ何かを願い、他はすでに自由を得ている。
さてお二人は一体どなた様、ご来歴をどうぞ。

恐怖

いぶる煙、かがり火、松明
破廉恥極まる祭りを仄暗く照らしている
欺瞞の幻影に染まり
鎖に、ああ！　縛られているこの私。

近寄るな、下らぬ笑いに興じるお前たち！
下品な笑いで何を企む
迫害する者すべてが一緒になり
今夜、私を追い詰める。

おや！　友達が敵に寝返り
仮面の下は先刻見抜いているが

私を殺そうとした奴だ
正体を見破られ、こそこそ逃げていく。

ああ、どこでもいい
この世界から逃げ出したい。
だがあちら側にいっても滅亡の時は迫り
硝煙と恐怖に立ち竦んでしまうこの私。

希望

お姉さん方、みなさんようこそ!
昨日も今日も仮装に興じておいでの方々
誰がどなたか、ちゃんと分かっていますが
明日には正体を明かしてくださいね。
かがり火や松明の明かりでは
どうも満足とはいかないから
晴れやかな光の下なら
前向きに思いのまま
時には皆一緒に、時には一人静かに
美しい野を自由に歩き
気分のままに休み、動き
心労のない日々の暮らしの中で

満足しつつも向上を怠らない
どこでも歓迎され
遠慮せず仲間入りができる。
きっと必ずどこかに
そんな最上の生き方が見つかるはずだ。

賢明

人類最大の敵が二つ
恐怖と希望をしっかり鎖につなぎ
現世の人々から遠ざけておきました。
さあ、道をあけて！　みな救われたのだから。

ごらんなさい、塔の鞍座を背にのせた
生命ある巨大な存在を導くこの私
巨体は狭く険しい小道を
たゆみなく前へ向かっていきます。

しかし向こうの高き鞍座には
かの女神が素早く大きな翼を広げて
その獲物を狙う鋭い視線で
四方をじっとうかがっています。

女神を囲む栄光と輝きが
遠くまでどこまでも届く仕組み
勝利の女神、その名はニケ*
人の営み、そのすべてを司るお方だ。

悪口ばかり言う小人ツォイロと
非難ばかりのテルジーテス*（その両者の合体した者）
ひゅう！　ひゅう！　ちょうどいい頃合いだ
どいつもこいつも短所、欠点だらけだ！
だが俺が狙いをつけていたのは
あの高い所にいる勝利の女神だ。
白い両翼を大きく広げ、鷲にでもなったつもりか
東西南北、目の向きを変えりゃあ
民も国土も自分のもの、と思いあがり
だが気位高く何か成し遂げれば、
腹立たしくも武器をまとった俺の出番さ。
低きものは高くみせ、高きは低くみせてやる
ねじれたものは真っ直ぐに、真っ直ぐはねじ曲げ
そうしなければこの俺はむかつく性分なのさ

ニケ
戦争と競技の女神。ローマ神話のビクトリアと同一視される。

ツォイロとテルジーテス
ツォイロは紀元前の詩人、ホメロスをけなした学者。テルジーテスはホメロス『イリアス』中の英雄を誹謗する人物。この性悪な者二人を合体させている。

この地上では万事そうでなければな。

先導の者　やい、そこのごろつき、
ホメロス様から借りた有難き杖の一撃で、
背を曲げ、身をこごめ、のたうち回れ！　——
小人姿で合わさったお前が、見る見るうち
忌まわしい団子の塊になってきたわ！　——
……はて何たる不思議！　——その団子が卵になり、
膨れて二つに割れてきた。
何やら双子めいたものが出てきたぞ、
まむしにコウモリだ。
まむしは埃の中を這い逃げ、
コウモリは黒い姿で天井へと飛び上がる。
奴らはすぐ外界でまた合体するのか
見るのも汚らわしいわ。

人々の呟き　さあ！　奥で踊りが始まったぞ——
いやよ！　もう帰りたい——
わからないのか？　ひどいことに巻き込まれた
化物じみた連中が割り込んできた——

髪の毛すれすれに何かがばたばた飛んで——
足元をかすめ、しゅるしゅると——
誰か怪我をしたわけではないが——
でもみんな怖がっている——
せっかくの楽しみも台無しだ——
あの畜生たちの仕業に違いない。

先導の者　仮装の祭りがくるというので
先導のお役を承って以来
門前に一生懸命に立ち、
この楽しみの場所に万が一でも
邪魔が入り込まぬよう見張りつつ、
肝を据え、たじろがず努めてきました。
けれどその甲斐もなく、
窓から入り込んでしまったようで
化物や魔法の術に立ち向かうのは
この私では荷が重い。
さっきの怪しげ極まりない小人の次に
おや！　奥から威勢よくこっちにくる。
あの連中の素性を

お役目として解き明かしたいが。
自分で理解できないものは
なんとも説明しようがないわけでして、
どうかお知恵をお貸しください！――
ほら、人混みから練り歩いてくる？――
こちらへ四頭立ての立派な馬車が
大勢の間を通り抜けて進んできますが
人をかき分ける様子もなく
どこにも混乱は起きていないようだ。
遠くの方できれいに星がきらきらと
色とりどりに輝き、人の心を惑わせて、
すべて魔法の幻燈に映し出されているのか、
馬車が鼻息荒く迫ってくる。
どいた、どいた！　恐ろしい限りだ！

若い御者*（馬車を進めている）

止まれ！

空を駆る駿馬たち、翼を休めよ。
いつも通りの律した手綱に従い、
御者の命ずるまま力を貯めて

若い御者
自らを「詩の寓意」と名乗る少年。三章ではオイフェリオンの名で登場する。

私が拍車を掛けて天へ飛び立つのだ！
今はこの地を敬う気持ちをもつのだ。
だが見渡せば周りを囲み集まる大勢の人々、
賛美の念を浮かべ輪になって数を増す。
先導の者よ！　あなた流でよいから
私たちがここから去る前に、
説明を聞きたく、我らの名を告げてほしい。
私たちが寓意(アレゴリー)であることを
あなたが解き明かせぬはずもない。

先導の者　その名を示すことはできませぬが、
ご様子ならなんとかできましょうか。

若い御者　では言ってみて下さい！

先導の者　思うところを申せば、
まず何よりもあなたは美少年だ。
半ばもう青年ですが、ご婦人からすれば
さぞ大人になった姿を見たいでしょう。
この先あなたは根っからの女好きとなり、

きっとご婦人には懇ろに尽くす人生だ。

若い御者　なかなか面白い！　さあその先を、
謎かけを解く気の利いた言葉で願います。

先導の者　稲妻に似た黒い瞳、黒い巻き毛
宝石が輝く髪留めの帯が趣を添えて！
さらに豪華な衣装には
深紅の縁取りときらめく金属の装飾が！
肩から足へ流れるごとくちりばめられ、
にやけている、そんな非難もどこ吹く風
喜びか悲しみか、少女らの心を射止め
娘たちの恋の手ほどきも数知れずとなる。

若い御者　ではこの、この豪華な王座には
どなたがお似合いと思われる？

先導の者　富えを得て心豊かな王であるなら、
その寵愛を受けたる者はなんという幸せ！
民が自ら満ち足りた思いを求めずとも、

困っている者に即座に気を配り、
施しをする清らかなお気持ちを
ご自身の財宝や幸福より大切だとお思いの方です。

若い御者　さあそれだけでは中途半端、
もっと詳しく述べてほしいのですが。

先導の者　威厳という形容ではうまく描き尽くせぬ。
とはいえ、ターバンの飾りの下のご様子は、
健やかな福に満ちた顔、
ふっくらした口元、つやのよい頬。
ひだひだの衣服を召し、穏やかに振る舞う。
その態度の立派さをどう伝えられましょうか？
なるほど主君にふさわしいのはこういう方か、と。

若い御者　その名は、富の神、プルートス様*！
その方が威容を整えてのお出ましだ。
というのも皇帝自らが呼び寄せたのだが。

先導の者　そういう君はいったい何をなさる方か！

プルートス様
プルートスはギリシャ神話の富の神。

若い御者　私は浪費であり、* 詩でもあります。
詩人たる本領を成就するため
一番大切な秘密を惜しみなく使うのです。
私の感性は量り知れなく、
プルートス様にも劣らぬほどで、
舞踏会や園遊会を盛り上げ
富の神にないものをこの私から差し上げる。

先導の者　大そうな自信をお持ちですね、
ではその腕前をとくと拝見したいが！

若い御者　ほら、こうして指を弾けば、
御車の周りがまぶしく光る。
真珠の飾りひもが飛び出してくる！
（なおも周囲に指を弾き続ける）
さあ金の首飾り、耳飾り、
櫛には小冠も付き、上物なのは見ての通り
高貴な宝石がきらめく指環などもあるから
遠慮なく好きなものを取るがいい。
時には指で炎も出せるが、

私は浪費であり……
浪費とは、時・所をかまわず自らの詩を散り放つことを意味している。

周囲に燃え拡がるから止めておく。

先導の者　やれやれ、皆が殺気立つ！
配る本人までもみくちゃだ。
夢と思えるほど宝石を指先から弾き出すと
広間を駆け回って皆で取り合いだ。
おや、何やら怪しげな事態になってきた、
夢中になって掴み取り、握りしめたはいいが、
ふわふわ飛んであちこち逃げていく。
こいつはなんとも不思議千万。
真珠のひもがほどけてばらばらになり、
手にはかぶと虫がのそのそ這い回り、
慌てて払いのければ、頭の周りを唸り飛び回り
別の者がしっかり掴んだはずの宝石は
ひらひら飛び回る蝶じゃないか。
さんざん偉ぶってはみたものの、
振りまいたのは見え透いたイカサマか！

若い御者　仮面の意味ならどうにか説明できるが、
物事の本質を解き究めるのには

もっと鋭い観察眼が要るのです。
宮廷の先導役には荷が重かったようですね。
この私、争いごとは一切御免です。
王様、あなたに申し上げたきことが。
（プルートスに向かい）
あなたは私に、つむじ風のごとく駆ける
四頭立てをお託しになられましたね？
そして御意のまま目的地に着けたはず？
ご指示の所へはどこへでも
駆る翼を大きく雄壮に羽ばたかせ
貴方のためどんな闘いの時にも
栄誉の棕櫚の葉を得てきた私ですね？
その頭上の月桂冠も
思いと技を込めて編んだはずですが？

プルートス　その証しを示せ、というなら、
お前こそ我が精神の中の精神だ、と喜んで言おう。
お前は我が意のままに働き従い、
お前こそこの我にもまして富んだ者だから。
忠誠心を讃えて緑の枝で編んだ冠こそ、

他のどんな冠より尊いものなのだ。
皆の者に余の本心を語りおく。
我が最愛の息子よ、我が愛はお前の頭上に。

若い御者（集まった人々へ）
この手から立派な品々をばらまきました。
見てください！　振りまいた最良の品々を
あたり一帯で小さな炎となり
人々の頭上で燃え、次から次へと飛び移り、
しばし燃え続け、あるいは素早く落ちて
稀にぱっと華やかに燃え盛るが、
哀れにも燃え尽き消えてしまう
そのほとんどは本人が気付く間もなく。

おしゃべり女たち　ほら、あの四頭立てに乗っていた連中
きっといかさま師に違いないわ
後ろにしゃがんでいるおかしな男
腹ぺこなのか、喉がからからなのか
あんなひょろひょろの道化見たことない
あれじゃあ、つねられても痛くないわね。

やせこけたけち男　そばへ寄るな、さわるな
気持ち悪い女ども！
俺を気に入らんことは先刻承知だ。――
女が家のかまどを守っていた頃は、
しまり屋の美徳と俺は呼ばれていた。
入るばかりで家計は安心という頃さ！
だから金子を箪笥や戸棚に貯め込んだ。
今じゃその考えは悪徳呼ばわりだが。
時代が変わり、女どもは節約の心を忘れ、
持ち金を上回る消費欲が幅を利かすご時世。
期限を過ぎても支払わず、
忍耐、我慢の亭主こそいい面の皮。
どっちを見ても女房のこさえた借金ばかり。
糸を紡いで稼いだ小銭も、
わが身を着飾る服にするか男に貢ぐかだ。
おしゃべり上手な男たちを前に
食べるのは上等品、飲むのは極上品、
そこでなおさら金の大切さが身に染みて
吝嗇（けち）という男が一匹、ここに現れた次第だ！

女たちの頭株　お前さんのような痩せた男は、
伝説の財宝を守るという龍に似た、けち同士だわ。
どうせ出任せ！　けしかけに来たのさ
もうどうにもならない男たちを。

群がる女　なんだい案山子（かかし）！　横面をひっぱたくよ！
ひょろひょろの木っ端じじいめ？
醜い顔をさらして私たちが怖がるとでも！
車を曳く龍も紙と木の張り子じゃないの、
こんな男は突き倒してやるわ！

先導の者　この杖を以て命ずる！　お静かに！――
もう私の出る幕ではないようだ。
ご覧ください、観客のみなさん
怖ろしい怪物がたちまち周囲にのさばっており
口から怒りの炎を吐く龍たちも
二重の双翼を広げてわが物顔です。
うろこで覆われた巨大な首を揺するので
みんな逃げ出し、広場はからっぽだ。

（プルートス下車）

先導の者　貴族たる振舞いで王が降りられる！
それを合図に、龍どもが身を起こし
しがみついているけち男を乗せたまま、
黄金で埋まった箱を担ぎ出し
王の御前に置かれました。
眼前のすべては奇蹟のような進行です。

プルートス（御者へ）
さあこれで、お前は煩わしい重荷から解き放たれ、
自由な身となった、さっさと元の所に戻るがよい！
ここはその方のいるべき世界ではない！
混乱、無秩序、狼藉、
奇怪な者どもが我らを取り囲む。
清らかな思いで澄んだ風景をはっきり見渡せる所、
お前が気兼ねせず自分で自分を委ねられる所、
お前を美と善のみが心を明るくさせる所、
孤独な詩の世界へゆくがよい！――
そこでお前は世界を創り出せるのだ。

若い御者　私は大事な使いとしてあなたを心に留め、

一番身近な縁者としてあなたを敬いました。
あなたが足を止める所に心の充実があり
私がいる所には、誰もが心身の充実を感じる。
あなたに身を委ねるべきか？　それとも私にか？
どちらつかずでは、人は迷うこともしばしば。
あなたに委ねれば、のんびり生きることを許され、
私に従えば、果たすべき仕事で忙しいことになる。
私の仕事は秘密の中で生まれはしません。
わずかな息から詩想が生まれ、私の居場所がわかる。
ではお別れです！　至福の時間が過ごせました。
もし小声でお呼びくだされば、すぐにも伺います。
（来た時と同じ、四頭立てを御して退場する）

プルートス　いよいよ財宝をひけらかす時が来た
先導のあの杖を手にして錠前に当ててみよう
蓋が開く！　見てくだされ！　青銅の鍋から
宝冠、飾り鎖、指輪に腕輪、宝飾類など
黄金の細工物が血の如く波うち出る。
黄金が溶けて膨れ、全てをのみ込む勢いだ。

周囲一同の叫びと混乱　何てこと！　次々と湧き出て
　箱は縁までもう黄金で溢れそうだわ。――
　金の器と小箱が溶けあい、
　ヴェネチア製の金貨も飛び出るぞ。――
　まるで今、鋳型から抜き出だしたように
　ああ、胸がわくわくしすぎて――
　どれもこれも我が物にしたいわ！
　あ、眼の前に宝石や金貨が転がり出た。――
　誰のものでもないからこの俺が頂戴せねば
　かがんで掴めば、私も金持ちという訳ね。――
　それなら、箱ごと失敬しましょう
　稲妻のように目にもとまらぬ速さで。

先導の者　何という馬鹿騒ぎ？　しっかりしろと言いたい？
　これは仮装舞踏会の余興ですよ。
　今夜の遊びはここまでと致しますが
　本当の黄金が手に入ったとお思いですか？
　もったいないと思うのは単純すぎる方々だ。
　玩具の金銀を本物だと思い込んでおられる？
　その単純すぎる頭には偽物さえもったいない。

鈍感な妄想の先っぽを捉えて真実だと言い張る。
そもそも真実とは何ですか？
仮面を付けた今夜の主役、プルートス様、
この連中をここから追い払って下さい。

プルートス　それなら君のその杖があれば済むはずだ。
どれ、ちょっと貸してみてくれ。――
これを燃えている炎にさっと突っ込めば――
さあ！　仮装の方々、どうかご用心くだされ。
ぴかぴか、ぱちぱち、火花が飛び散ります！
杖はもう真っ赤に輝いている。
近寄り過ぎれば、
あっという間に焼け焦げる。――
さて、杖を手にひと回りしてみるか。

叫びと混乱　これはたまらん！　もう駄目だ。――
逃げられるなら、逃げたいが！――
おい後ろ、押さないで下がってくれ――
わあ、顔に火の粉が吹きかかる――
真っ赤な重たい杖がのしかかる。――

俺たちみんなもう駄目だ。――
下がれ、場所を空けろ、仮面を被った木偶人形！
下がれ、後ろに下がれ、とん馬ども――
翼があれば、飛んで逃げたいのだが。――

プルートス　やれやれ群衆どもを押し返した。
しかも見るところ、やけどした者は一人もいない。
みな脅されて退き散っていった。
だが、正常な状態をきちんと保つには、
目に見えぬ魔術で身の回りを護るのが得策だ。

先導の者　お見事な火付けさばきでした
賢明なるお方の処置になんと感謝すべきか。

プルートス　いや、礼には及ばぬ、まだこれからだ
騒ぎはなお続いていくから。

けち男　さあこれで気の向くまま
今出て行った連中を見物できる。
そもそも何か起こって、美味をつまもうと

しゃしゃり出てくるのは、いつもご婦人方だ。
この俺様とてきれいな女なら、
それなりに心ときめき、
そのうえ今日は無礼講ときているから
口説くのも自由にして自在のはずだ。
だがこの人混みじゃあ口説く台詞も通じはしまい、
そこでひとつ賢い俺様は工夫をこらし、
身振り手振りで上手に伝えたいから、と
手足を動かしても今ひとつ、
そこで何か案じて目立とう、というわけなんだが。
金を手に取り湿った粘土を練るごとく、
こねれば何にでも化けてしまうのさ。

先導の者　あのやせこけた道化は何をしている！
奴が上機嫌なのは一体全体なんでなのか？
そこらの金を集めて妙なものをこさえている。
あいつの手だとパン生地みたいに柔らかくなり
のしたり丸めたり、あれこれするうち
何やら怪しからんものが出来つつある。
それを向こうの女どもの所に突き出すと、

みんな金切り声を出して嫌だという風で
見たくない、という素振りはするから、
お調子者は愉快がり更に図に乗り始めた。
それにしてもあの阿呆、なかなか上手だ。
臆せず風紀などないごとく振る舞い
至極ご満悦の様子ではないか。
これはもう見過ごせない事態だ！
杖を返してください、あいつを追っ払います。

プルートス　外から迫われていることなど
あの男は感じていない。あの程度ならよい
もうじき茶番を演じる幕などなくなるはずだから。
人の掟も強固だが、今迫る苦難は更に上回る。

迫りくる雑踏の歌声　荒っぽい軍勢が
　高い山から、森の谷間からやってきた！
　誰も止められぬ一気呵成のその歩みで
　皇帝が森のパンの神に扮装しているが
　誰もそれをわからぬならそれでいい
　さあ、人のいない場に入って行こうか。

プルートス　俺は偉大なるパン神*をよく知る者だ！
一緒に歩を合わせ、豪快に進めてきた。
わししか知らぬことがあるこの地でこそ
厳かに強固な魔術の輪を解き放とう。
そちたちが良き運と出会うことを願って！
だが、不思議なことも起こるのが世間
どこへ進むのか知らぬ者どもに、
道を知り天命を知れ、と言ってもな。

荒々しい歌声　化粧を凝らし金で飾りたてた連中め！
　俺たちはちと手荒いぜ
　力も強く体も頑丈、のっしのっしと
　獣のように高く飛んだり突っ走ったり。

森の神ファウヌスたち*　俺たちはファウヌス
群れて仲間で陽気に踊る
縮れた髪には柏の葉で編んだ冠を載せ
先のとがった細い両耳が
巻き毛の頭からはみ出ている
鼻はだんごで顔はまんじゅうだが

偉大なるパン神
パンはギリシャ語で、元来は牧畜の神である。その後パンは「一切」「全体」を意味するようになる。「パンアメリカン」は全米。

森の神ファウヌスたち
ローマ神話の山野の神。

それでも、もてぬでもない俺たちさ。
お手々差出し踊りの相手に誘うたび
どんな美人もそうはっきりとは断れぬ。

森の神サテュロス*　さてもお後に控えしは
森の神たるサテュロス様だ
か細い脛もつ山羊の脚、やせこけ筋張るその脚で
山の頂から、かもしか気どりであたりを眺め、
すっくと立って存分に大気を吸ってご満悦。
霞と霧の中に住む、サテュロス様には
谷底より遥か下の人間界などどうでもよく
これが俺の人生だ、と呑気に暮らしている
山頂こそ邪魔の入らぬ領分と信じ
ただ一人、天に近い清らかな世界にいたいのさ。

土の精グノームたち　ざわざわうるさい小人一族
対に組んだり、整列したりは大の苦手
苔の衣に身を包み、手提げランプも煌々と
俺たち、ちょこまか動いてる、
他のことは気にせず、仲間うちで働くばかり。

森の神サテュロス
ギリシャ神話の山野の神。

財宝を護る、伝説の光る蟻のごとく、
こまめ足まめ、あっちこっちに駆け回る。

あの実直な〈家の精〉とも親戚筋で
岩を切り割るのが得意で外科医としても有名だ。
高い山の奥深くあちこち血管のごとき鉱脈を、
みごと探しあてれば出血するごとく、
きらびやかな鉱石が水脈の中に積み上がる。
今日もご無事で！　ご無事で！　ご無事で！
と挨拶も威勢よく、
その作業は根っからの善意の賜物
我らは良き人々の友である
だがせっかく掘り出した黄金も、
盗まれ、あこぎな婆が蠢く世間の手に渡り
皆殺しを目論む思い上がった男には、
鉄がなくては武器調達もままならぬ。
盗むな、犯すな、殺すな、
三つの戒律を蔑めば、何の規律もないに等しく
かといってそれはわしらの罪じゃない。
だからずっとずっと我慢が肝要だわい。

巨人たち　（森の大神パンを護って）
　荒くれ者と呼ばれるわしら、
ハルツの山ではみな顔なじみ、
いつも裸で力持ち、
我等誰もが雲突く大男。
右手の杖は松の幹
身体に巻いた太い腰巻は、
枝や葉っぱでこさえた代物。
我らのような護衛隊は法王庁にもいないはず。

水の精ニュンフ（合唱、森の大神パンを囲んで）
　大神様のお出ましだ！――
この宇宙の万有を象徴されている
偉大なる大神様。
みなさん気持ちも晴れやかに大神様を囲み、
体を動かし踊ることで、その心を慰めましょう。
厳かな中に善意の思いをもつ方ですから、
誰もが楽しくしていることがお好きなのです。
青空の下、ほんとうは目覚めてるはずですが、
小川がさらさら流れ、そよ風が優しく吹いて、

大神様を安らぎへと誘うのです。
そして明るい日差しの下で眠られる時、
小枝の葉さえ動きを止め、
安らかな香りが草木から匂いたち、
凪もなく静かに大気を満たします。
そんなとき私たち水の精もはしゃいではならず、
今いるところで眠るのです。
けれど突然なんの前触れもなく
まるで雷鳴か大海の荒波のごとく
大神様のすさまじい声*が響き渡ると
どうしてよいか判らず
みな慌てふためき立ちすくむばかり。
勇猛な軍勢も、野に逃げるほど
英雄達さえ人々の混乱の中で震えるばかり。
崇拝の念、崇拝の念を！　我らの大神様に。
ここへ導きくださった方に、平安あれ！

グノームの代表たち　（大神パンに対して）
輝く豊かな宝は
岩の裂け目にあり細い糸のように筋をなす

大神様のすさまじい声……大勢の人々が原因不明で突然驚かされる状態を、ギリシャ人はパンの神の仕業であるとした。パニックの語源はこのパンに由来する。パンデミックもか？

迷路の先のその在り処は
賢い魔法の杖でのみ辿ることができる。

我らはそれを掘り出すべく暗い坑道の底で
民として穴ぐらに生きており、
そして地上の澄んだ大気の下では
貴方様から宝を分配してもらえるのです。

それに加えてこの場所で
なんとも不思議な泉*を掘り当てて、
約束すれば、得られるはずもないものが
簡単に手に入るという泉です。

それを仕上げられるのは大神様のみ、
どうかその手法を手元にお加え下さり
どんな宝もあなた様の元にあれば
世のあらゆる人々の役に立つはず。

プルートス　（先導の者に）さあ気持ちを引き締め
何が起ころうと平静に、起きるままにさせて、

不思議な泉
プルートスの開けた財宝の箱。

お前はこれまでも泰然と物事に動じなかった。
これから程なく天地動乱の事態が起こるが
世の民は現世、来世を問わず信じようとしないから
だからこれからのことを忠実に記しておくのが良い。

先導の者　（プルートスが手から離そうとしない杖を
脇から握りしめ）
小人族はかしこまり大神パンを
火を吹く泉の方に連れて行きますが、
炎は　深い底から噴き上がり
また再び奈落の淵に沈んでいき、
すると泉は再び黒々とその口を開きます。
やがてまた赤々と煮えたぎった炎を吹き出し
偉大なる大神は不快がるどころか
世にも奇妙なこの光景を面白がっておられる。
左右から泡のように真珠が吹き出し、
それをおかしいとは思われていないようだが？
深く背を曲げ、泉の中を覗いておられる。――
おや、大神の髭が炎の中に落っこちた！――
髭なしのお顔をどなたと思っていいのか？

手で隠しているので、私どもには顔が見えない。――
おお、更に一大事になりました。
めらめらと落ちた髭に火が付き、舞い戻ってくる。
冠にも、頭にも、体にも燃え移って
楽しいはずが変じて大惨禍となるのか。――
消そうと大勢が駆け寄るが、
誰も皆が炎の勢い押されて、
慌てて叩き打ってもさらに激しくなる。
太古からの火の威力により
仮装した皆が丸ごと焼け死んでしまったのか。

はてこのことはいったいどう伝わるのだろうか
耳から耳へ口から口へ！　なんという呪わしい夜に
なんという大惨事が起こってしまったのだ。
明日になれば、この話でもちきりだろう、
いたるところで嘆きの声が聞こえるはずだ。
皇帝がこんな目に遭われるなんて、と。
嘘であってくれればいいが！
皇帝も取り巻きも焼け死んだ。
となれば陛下を唆した

あの行列の連中こそ呪われるべき、
ねばつく樹脂の若枝をまとい、
吠えるがごとく歌い狂い
皆を火でもって巻き添えにしたのは奴らだ。
ああ、若さに喜びが溢れているなら
お前は喜びが度を越さぬようにできないのか
ああ、尊敬と崇拝に値するお方？
その全能に理性を携えているお方
思慮深く振舞われてはいただけませんか？

もう森まで火に包まれ周囲をなめる如く、
炎はとがった舌先で上げるごとく、
格子状の組木の屋根へ燃え広がり、
どこも焼き尽くされて火の海になりそうだ。
これはもう災難などという他人事ではなく、
我々を救えるのは誰なのだろうか。
一夜明ければ灰の山となる運命なのか
栄華を誇った帝室も何もかもが。

プルートス　恐怖は人々に植え付けられたようだから、

この辺で救いの手を差し伸べるとするか！――
それなら大地が震え鳴り響くまで
この神聖な杖で打ち続けよう。
広がりみなぎる大気が、冷気を含んで吹き込み
たっぷりとあたりを満たしてくれ。
霧の棚よ、雲の帯よ、
混乱の渦中にいる者を覆ってくれ。
水よ、ざわめくほどに流れて、
雲よ、渦を巻き湿気を宿せ
鎮める力で火勢を弱め、これに打ち克って
虚妄であった炎の戯れを
一筋の稲妻の光に変えてしまえ。――
お前達、水に関わる全ての力よ
もし悪霊たちが邪魔をする気なら
妖術を使い退治してもかまわんから。

園遊の場

昇る朝日
皇帝、その家臣、諸侯の男女、
ファウスト、メフィストは場に
ふさわしい装いでひざまずく

ファウスト　陛下、先ほどの炎を用いた遊戯（いたずら）、
お許し願いできますでしょうか?

皇帝　（立ち上がるようにうながす）
余はああいう戯れにもっと何度も出くわしたいぞ。——
突然、燃え上がる炎に包まれ、
まるで黄泉の神、地獄の王の気分であったぞ。
墨より黒い闇夜に岩山が隆起し、
噴き上げ荒々しく幾千にもなった灼熱の炎は
割れ目のあちこちで、めらめら渦を巻き立ち昇り、
それらの突先がひとつになって、火の天を成した。
更に円い天井から炎の舌がせせり伸縮している。

すると炎の柱が並ぶ先、遠い広間の彼方に
民の長い行列の連なりが見えたのだ。
その一団が大きな輪を作って迫り、
皆が余にいつものような忠誠の礼を致した。
そのなかに宮廷に仕える者も見かけたのだ。
余は火の精、サラマンダーの気分であったぞ。

メフィスト　皇帝は火の精の君主でもあられました!
水・火・風・土の四大元素*は揃って陛下の権威に服し
火の忠誠心はたった今ご覧になられたとおりです。
さて、波荒れる大海に身を投じてごらんなさい、
真珠が敷かれた海底にお立ちになれば、
わきたつ潮さえ引き、陛下の周りで幽玄の境地ができ、
揺らめく碧い波が陛下の頭上で丸く膨らみ、
紫色の淵による美しい宮殿を作り整えましょう。
その宮殿は、中央のいる陛下に合わせてお供をする、
という仕組みに気付かれましょう。
潮のつくる壁には、海の生物が群れ溢れ、
矢の如く往来する魚の群れや大魚たちも行きつ戻りつ、
その目で新しい陽光の新参者を一目見ようと

水・火・風・土の……
仏教にも四大元素はあり、「人身は四大の和合からなる」とする。東西の宗教と文化に関わる自然観である。

海の怪物が突き進んでも、中には入れません。
金色の鱗をもつ玉虫色の龍や大口をぱっくり開けた鮫も、
その口の中を陛下が笑って覗きこむくらいでしょう
家臣、貴婦人らとの地上での楽しさは常ながら、
海の底の賑やかさはまだ存じていますまい。
とはいえ海中でも優美なお方を忘れた訳ではなく、
永遠の若さを誇る海の精ネレウスの娘たちも
珍しそうに次々と美しい宮殿を見に集まってきましょう。
若い女はおずおずと色目を使い、年上の女は抜け目なく。
そこでネレウスの娘の一人テティスが、
昔愛したペレウス王の跡継ぎが陛下である、と知って
お慕いするあまり手と唇を差し出しましょう。――
さて海の次は玉座をオリンポス山に移しますれば！――

皇帝　上の空の話はお前に任せておく。
急がずともあの玉座へはいずれ就かねばならぬから。

メフィスト　陛下！　地上のすべてはあなた様の領分です。

皇帝　お前がここへ参ったのはよき運命といえるな？

いきなり『千一夜物語』を聞かされたごとくだ。
機転がきくシェヘラザード*のように
語り上手なお前が知己となってくれれば
何なりと施してつかわそう。
ずっと側に控えていてほしいものだ
昼の世界は何かにつけ気にくわぬからな。

官房の長　（慌ただしく登場）陛下！　生涯にわたり
このような喜びの場にいる事など思いもよりません。
ありがたい報告が、陛下の御前でできますなど、
これまでただの一度もなかったのです。
あれこれの支払いは済み、険悪な高利貸しも丸くなり、
この私も地獄の追い立てから逃れられました。
天国といえども、これほど清々しい気分に
させてくれないのでは、と思えるほど。

軍隊の長　（慌ただしく続く）
遅れずきちんと月払いの給金が支払え、
兵どももと新たに契約が成り立ち、はや勢ぞろい致し
やる気が出て満足なのは兵士だけでなく

シェヘラザード
アラブの皇帝に毎晩違った物語を千一夜の間、毎日話すことで殺されることから免れた、宮廷宰相の美しい娘の名。リムスキー・コルサコフに同名の名曲がある。

酒屋の主人から飯盛女まで笑顔が絶えません。

皇帝　皆がやっとひと息ついたと申すのだな！
顔のしわも伸びて明るい笑顔になった！
慌てて入ってきたのはいったい誰なのか！

財務の長　（続いて）今度の詳しいことは
事を完遂した二人にお尋ね下さい。

ファウスト　いや、成功裡の過程は宰相に任せましょう。

宰相　（おもむろに）長生きは致すものですな　――
この老いぼれも喜びにあふれております。
まず運命を決めた重大な告示文をお聞きください、
すべての苦しみを福と転じた文言であります。

（読む）
「知ろうと思う民、その誰にも告げる
これなる紙切れを一千クローネの紙幣とする。
その確かな担保と保証さるのは、
領邦領地内の地中にある無数の財宝なり。

今や豊かなる財宝が直ちに掘り出され
この紙幣に兌換さるべく万端が整えられた」

皇帝　おかしいぞ、こんな欺瞞が許されようか！
余の筆跡を真似て誰が偽造を致した？
かかる犯罪が罰せられずにいていいのか？

財務の長　お忘れですか！　陛下ご自身でです。
昨夜の事、パンの神に仮装した陛下の前で、
私どもと宰相の元で、こう申されたことを。
「この盛大な祝を喜び、民の幸福を寿ぐために、
その旨の一筆をお願い致します」そう申すと、
陛下は鮮やかな筆致でご署名されたのです。
それを受けて昨夜のうち技能士を総動員し
政事が滞らぬよう幾千枚も転写し続け、
十、三十、五十、百クローネ札が
出来上がったのであります。
どれほど役立ったのか民の喜びは想像を超え、
昨日まで黴臭く死の街のようだったご城下が、
今日は活気があふれ、人々は大騒ぎでございます！

これまで皇帝陛下の名をお耳にしただけで
民は幸せを感じ入ったのですが、しかし今ほど
その名を喜びの表情で見つめることはありません。
まるで陛下の名のアルファベットそれ以外は
一片の何の価値もないといった風です。
ご署名をみて誰もが幸せを味わえたのですから。

皇帝　この紙が金貨の代わりとして民に通用するのか？
では全ての軍や宮廷の給金がこれで賄えたのか？
どうにも理屈に合わぬが、よしとせねばなるまい。

官房の長　稲妻の如く紙幣は散らばり留め置けませぬ。
戸口は大きいが、両替屋の窓口は厳重そのものです。
と申すのも、そこでは元本から割引され、
金銀を紙幣に交換できるからです。
銭を手にして民衆の半分が出かける先は、
肉屋、パン屋、居酒屋へ
残りの者は衣服を新調しておめかしする。
となると、生地屋は繁盛、仕立屋も大忙し。
地下の酒場では「皇帝万歳！」と気勢を上げ、

ご馳走をぱくぱく、皿はがちゃがちゃ、
連日の大騒ぎなのです。

メフィスト　庭園をひとり淋しく散歩する男が、
ふと目にしたのはおめかしも極めつけの美人。
素敵な孔雀の羽扇で片目を隠し、
こちらへ向ける笑みも艶やかでございます。
そして愛想よくその先に見つめるのは紙幣。
色恋の機知に富む巧みな口説き言葉よりも、
駆け引き不要で胸ポケットに隠せるお札なら
ちょいと恋の橋渡しに重宝です。
重い巾着、金入れは面倒がられ、
恋文とも重ねて仕舞えて真に好都合。
坊さんなら祈祷書に恭しく挟み込め、
兵隊さんなら素早く回れ右で胴巻きに差し込める。
陛下のなされた偉業を下世話な方へ転じ、
くどくど申し上げたこと、
品を欠いてしまったならばお許しください。

ファウスト　無尽の宝が領地の地中深く、

使われもせずひっそり埋もれております。
構想をどんなに自由に練ったとしても、
この際限のない処理は終わらぬ程でございます。
空想がどんなに膨らんで高く飛ぼうとも、
この富の大きさには到底追いつけませぬ。
しかし一たび高遠な精神をもてば、
限界なきものに、無限の信を置き続けられるのです。

メフィスト　黄金や真珠と同じ価値をもつ紙幣は、
持ち分もすぐ計算できてたいへん便利で、
値の交渉や両替する手間もいらず、
これさえ携えておれば、色恋、飲食、
世のあらゆることが気軽に運べるのです。
金銀の硬貨が要るなら両替屋に行けば良く、
硬貨を切らしたなら地面を掘ればよろしい。
その掘り出し物が黄金の鎖や銀の盃にせよ、
競りに出せば紙幣はすぐさま金貨に転じ、
当初我々を嘲った奴等は大恥をかくのです。
人皆が慣れてしまえば、
世の中に欠かすことのできない代物となります。

というわけで宝石、黄金、紙幣が
陛下の領内いつどこでも不足しない理屈です。

皇帝 我が領邦帝国は誠に有り難いことに
二人の功績で富を得られた。
すぐにも応分の報酬をもって報いられるが
二人は地底の管理には適役であろうぞ。
ひっそりと眠っている財宝の在り処は、
心得ておろうから指図に従わせて発掘する。
地上と地下の世界が心ひとつになり
喜びあふれるよう、財宝管理の総代として、
その責務を果たしてもらいたいものだ。

財務の長 ご両人と争う気など一切ありませぬ。
さて、この私にも魔術師の同志がいてくれれば。
(ファウストとともに去る)

皇帝 では仕えておる一人一人に功労の札束を配ろうか。
だが、いかように使うかを申してからだぞ。

お付きの若者　（受け取りながら）
陽気に機嫌よく楽しく過ごす所存です。

別の若者　（同じく）
すぐにも恋人に金の鎖や指環を揃えてやります。

お付きの若者　（札束をもらい）
この先は更に上等の葡萄酒を好きなだけ。

別のお付き　巾着の中でさいころがむずむずしております。

地主貴族　（重々しく）拙者、借金の抵当にしていた城と領地を
またこの手に戻したく思います。

別の騎士頭　（同じく）
大事な宝である故、今の蓄えに繰り込みまする。

皇帝　聞けば皆、新しく事業を始めようとする
意気込みではないのか。日頃を知る者として
まあお前たちはそんなところであろう。

なるほど、宝をどんなに手にしても、
自分たちのことで相も変わらず、というわけか。

道化 （前に出て）
有り難いお恵みをお配りとか、陛下、この私めにも。

皇帝 お前生き返ったのか。どうせ酒に化けるのであろう。

道化 魔法をかけられた紙！　一体どういうことなのですか。

皇帝 それはそうだが、ろくな使い方はせぬだろう。

道化 あ、お札が落ちてきた。どういたしましょう。

皇帝 とっておけ、お前の側に落ちたのだから。
（退く）

道化 五千クローネ札が、なんとこの私めに！

メフィスト おい、二本足の酒太りめ、生きてたか？

道化　毎度生き返っているが、こんな上出来は初めてだ。

メフィスト　喜びすぎて汗びっしょりだな。

道化　本当にこの紙は本物ですかな？

メフィスト　その一枚で好きなだけ飲み食いできるさ。

道化　畑に屋敷、家畜もこれで買えるといいが？

メフィスト　まだわからんのか！
その紙で買えないものはない、というのに。

道化　狩りをする森、魚がいて小川も流れる池付きの城も？

メフィスト　信用せい！　お前の城主のいでたちを
この俺も見てみたいものさ！

道化　それなら今夜はぐっすり寝て

大地主になった夢を見るとするか！　――
（退く）

メフィスト　（ひとりになり）
これでもう、道化の知を疑うものはいまい。

暗き回廊

ファウスト、メフィスト

メフィスト　なんだって私をこんな暗い廊下へ呼びつけて？
あの広間でのやり取りに不満でもおありで、
賑やかな宮殿の中でわあわあ遊び楽しめても、
更に別の奇術を見たいというのですか？

ファウスト　何を言っているんだ。
その手の楽しみは君と飽きるほどやり尽くした。
その忙しいふりは、

俺にはっきりした返事をしたくないからさ。
ところが俺はもう逃げ場がなくなってしまったんだ。
官房の長やお付きの者から急き立てられている。
皇帝陛下は早く執り行え、今すぐ叶えろ、
この目でヘレナとパリス*を見たい、というのだ。
絶世の美男と美女が描く理想の姿をな。
早くなんとかしてくれ！　もう約束を反故にはできぬ。

メフィスト　安請け合い故の苦しむつけがきましたか。

ファウスト　今さらなんだ、魔術を使ったはいいが、
最後はどうなるかを考えていなかったのは誰だ。
皇帝を金持ちにしてやって喜ばれた後には、
何かお楽しみを供せずばなるまい、ということだ。

メフィスト　簡単にできるとお思いのようですが
今我々は崖っぷちにいるのですよ。
まったく知らぬ所に足を突っ込み
厚かましくも新たな借金を背負う羽目になる。
そう簡単にヘレナを呼び寄せられますか――

ヘレナとパリス
ヘレナは神ゼウスとスパルタ王妃レダの間に生まれた美女。
パリスはトロイの王子で美少年として知られ、ヘレナを誘拐したことでトロイ戦争が起こった。

まやかしの紙幣は作れても、まったく違った無理難題だ。
そこいらの魔女の一族や異形の者ども、
悪魔に養子に入った小人族なら即座に用立て出来ますが、
けなすのではないが、その系統の半分神の血を引く女だ、
高名な古代の別の女でどうですか、
などと差し出せるはずもない。

ファウスト　また退屈な説教が始まるのか！
お前はいつも話をはぐらかし
何か頼むと意図的に障害を設けて、
解決策を出すごとに必ず対価を欲しがる。
だが分かっているんだ
お前がむにゃむにゃと呪文を唱えれば、
それで事はたちまち解決するじゃないか。
こっちがうろうろするうち、連れて来れるはずだ。

メフィスト　私、異教の徒に*知り合いはなく
あの手の者は別の違った地獄に住んでいるのです。
もっとも手立てはなくもないのですが。

私、異教の徒に……
メフィストは中世キリスト教の世界で活躍する悪魔であり、古代ギリシャには疎いため、

何か策を講じないと判断できない。

ファウスト　手立てだって、もったいぶるな！

メフィスト　大切な秘密を明かすのは、私にはどうも――
女神たちは寂しく、厳かに座っており、
その周りには空間もなく、ましてや時間さえない、
何と説明したら良いのか
それはつまり〈母たち〉なのですよ！

ファウスト　（驚いて）　母たちだと！

メフィスト　驚きましたか？

ファウスト　母たち！　母たちか！――
なんとも奇妙な響きだ。

メフィスト　実際そのとおり。女神たちは、
あなた方いずれ死すべき者には
知られることもなく、私らも好んで口にしない。
その神々のところへ行く気なら、
深く、さらに深くもぐり続けるしかない

こうなったのも結局あなたのせいですよ。

ファウスト　ではそこへ行く道は？

メフィスト

道！

行った者とてありゃしませんし、
行くに行けぬ道をたどり
誰に頼める者とてなく行くのです。
あなたにその覚悟はおありですか？――
開ける錠前もなく、抜くべき閂もなく、
どこをどう行っても寂しさがついてくるだけだ。
どれほどの荒涼や寂寥かも分かり得ない所だ？

ファウスト　そんな忠言はやめてもらいたい、
何やら「魔女の厨房」を思い出させるが、
昔話はもう御免こうむる。
世間と渡り合ったあのとき以来、
この俺も世間の虚しさを学び、
人にもその虚しさを押し付けてしまったのか？――
きちんと素直に感じたままを話せば

その倍の反論や非難が返ってきたのだ。
そんな不快な世俗を避けて後、孤独に身を置き
忘れられ一人になるのもさすがに耐えがたく、
結局この身を悪魔たるお前に委ねたのだ。

メフィスト　でもいいですか、たとえば
大海に泳ぎ出て果てしない空を仰げば、
うねりくる波また波は見えるはずだ。
溺れて死ぬのか、と恐れつつも、何かは見えるものだ。
やはりイルカの群れが穏やかな海の翠を突っ切る様子、
流れる雲、天空の太陽、月や星たち。
だが永劫に続く遥かな空虚では、
目に見える物は何ひとつなく自分の足音も聞こえない。
疲れを癒そうにも体がもたれるものさえないのです。

ファウスト　異教の司祭も顔負けの弁舌だが、
それでこれまで新しい信者を騙してきたのだ。
今度は立場を逆にして、君が俺を空虚の彼方へ放ち、
そこで俺の術と力が増すのを待つつもりなのか。
大昔、猿におだてられて前足を炎に突っ込み、

栗を拾った猫がいたが、
お前は俺をその猫になぞらえているのだろう。
それならそれでいい！　その彼方を究めてやろう。
その虚無の中に、お前の言うとおり
どんな宇宙の万有があるのか見つけて来てやる。

メフィスト　お別れに際し、そのけなげさを褒めておきます。
出発に際し悪魔との応対もよく理解しておられるようだ。
ではこの鍵を預けておきます。

ファウスト　　　　　　　こんな小さなもので！

メフィスト　馬鹿にせず、まずしっかり握ってみてください。

ファウスト　大きくなってきた！　手の中で光っている！

メフィスト　わかりますか、これがどんなに役立つか。
こいつに行くべき場所を嗅ぎ出させ、
指図どおり降りていけば母の国へたどり着ける。

ファウスト　（身震いし）
母たちの国へ！　その一言は雷のように俺を貫く！
耳にしたくないほどの言葉だが？

メフィスト　耳慣れぬ言葉に尻込みするほど狭い見識ですか？
まさか聞きなれた言葉だけで生きていたいとでも？
この先何が起ころうとも平然としていなければ、
奇怪な物事には慣れっこのはずでしょうから。

ファウスト　身をこわばらせ切り抜けるなど望んでいない。
むしろ恐れ慄くことが人としての最上の特性だ。
その感情に触れる機会はめったにない世間だが、
恐れ慄くことで世を絶した異形に出会えるのだ。

メフィスト　では降りて行く！　昇って行く！
どちらにしても同じことだが、
すでに生成している世を逃れて
形が解放されている空間へ行き、
もうずっと昔に存在することをやめた世界を
楽しんでみたらどうでしょう。

雲の塊のようなものがまとわりついてきたら、
この鍵を振って身体から払い除ければいい。

ファウスト （熱狂のあまり）そうか！
しっかり握ると新しい活力が湧き胸の内も拡がり、
偉大なことに向かわせてくれるのか。

メフィスト 煮えたぎった三本脚の*香炉を見つけ
最後に辿り着いた所が、底のまた底なのです。
その香炉の光に母たちの姿が見えましょう。
座っている者、立っている者、歩む者もいる、
形象はその時々でいろいろな形に変わり、
永遠なる感覚が永遠に保たれるのです。
その周りにあらゆるものの形象が揺らいでいるが
女神たちに見えるのは形の輪郭だけで
あなたの姿が見つかる心配はない。
でも肝に命じてほしい、危うい橋を渡るのだと。
そしてわき目もふらずまっすぐ進み、
その鍵で香炉に触れてみなさい！

三本脚の……
古代中国では、三脚付の金属の器で食物を煮ていた。鼎（かなえ）。

ファウスト　（鍵を掲げ、強く命令する仕草）

メフィスト　（その仕草を見て）　いや、お見事だ！――
その動作で香炉は、側で仕える忠実な下男となり
着実に進めば幸運にも助けられるでしょう。
母たちが気づかぬうちに香炉を持って帰れます。
そしてここまで持ってきてしまえば、闇の中で
香炉から古代の英雄や美の権化を呼び出せて
最初となる稀代の偉業を成しとげた事は
正にあなたの手柄といっていい。
その後は魔法の手順どおりなされればよく、
香炉からたなびく霧が神々の姿に変わるのです。

ファウスト　では、まずどうするのだ？

メフィスト　下へ赴くには一途な心意気が大切で、
沈着に一足踏みをしてこそ、降り昇りできるでしょう。

ファウスト　（足を踏み固め下へ降りる）

メフィスト　鍵が上手く役立ってくれればよいのだが！
また戻って来れるのか、気がかりではあるが？

灯火まばゆい、幾つかの広間

皇帝、諸侯、宮廷の者が
ざわめきつつ

お付きの者　（メフィストに）
幽霊が出る劇を見せてくださるという約束でしたが
さっそく願います！　皇帝はお待ちかねです。

内務の長　たった今私にもお尋ねなされた。
おぬし！　ぐずぐずされては申し訳が立たぬ。

メフィスト　ですから相棒がもう出向いており、
奴は万事この件を心得ていますからね、
ただいま一人閉じこもり、作業の最中で、

なにしろたいそうな研究が要る用件でして、
美という宝を掘り出すには
賢者の魔術、それも最高の術を使うんです。

宮内の長　どんな術かは知ったことではない。
早くこの目で確かめたい、と皇帝が申しておるのだ。

金色の髪の女　（メフィストに）ちょっと兄さん！
白い私の肌が、嫌いな夏には困ったことに！
赤茶のぶつぶつがたくさん吹き出し、
せっかくの白い肌が台無しですの。
何かいい薬はないかしら！

メフィスト　お気の毒に！　こんな美人が、
五月になると虎猫みたいにまだらになるとは。
蛙の卵と蝦蟇の舌とですまし汁をつくり、
満月の光で根気よく蒸留する、
それを月の欠ける夜に念入りに塗れば、
やがて春には水玉模様もすっかり消えるはず。

とび色の髪の女　みんながお悩みで押しかけてくる。
私にも教えて！　霜焼けの脚で
歩くのも踊るのも難儀しており、
きちんとお辞儀さえできないくらいです。

メフィスト　失礼、私がひと踏みすればほれこのとおり。

とび色の髪の女　あら、恋人同士でするみたいですわ。

メフィスト　いや、お嬢さん！　もっと深い意味です。
どんな病気も治す力は体の同じ部位にあり、
足は足において、他のところも同じ理屈です。
さあ！　よろしいか！　お礼はいりません。

とび色の髪の女　あ痛た！　痛い！　折れちゃうわ！
ひどい踏み方、まるで馬の蹄*みたい！

メフィスト　もう大丈夫。
踊りもできるし、好きなお方とご馳走を食べながら
足でいちゃつくのも思いのままです。

馬の蹄みたい！
メフィストの片脚は馬の蹄である。

貴婦人　（人混みをかきわけ）ちょっと通して！
私、胸が煮えくり返るほど苦しいの。
昨日まで私の視線にちやほやしていた男が、
今は背を向け、他の女とおしゃべりばかり。

メフィスト　それはまた困った事だ。
この炭棒でそっと男の身に寄せて線を引く。
袖でも上着でも肩でも、一本適当なところへ。
すると彼の心は後悔の念を覚える。
その後で炭棒を飲み込んでくださいな。
ただし葡萄酒や水と一緒ではいけません。
そうすれば、今夜にでもあなたの家の前で
男はため息をつくのです。

貴婦人　もしや毒ではないでしょうね？

メフィスト　（怒って）　なんてことおっしゃる！
この炭はそんじょそこらにない代物だ。
その昔、私共が一心不乱に火を焚いて

異教徒を火あぶりにした際の薪の燃えかすですぞ。

世話役の少年　私は意中の夫人に子供扱いされます。

メフィスト　（傍白）はて、さて、もう結構だ。

（少年に）

若い女ばかりに狙いを定めても無理だな、

麗しい年増なら君の心持も分かってくれるだろう――

（他の人々も押しかけてくる）

これはたまらん！　どんどん来てどうにも困った！

本当のことを言って切り抜けるしかあるまい。

褒められた策ではないが！　こうなったら致し方ない――

母たちよ、母たちよ！　早くファウストを戻してくれ！

（あたりを見回し）

広間の灯りがぱっと暗くなり

宮廷中の諸侯、貴婦人が移動しはじめた。

序列を整え、長い廊下や遠い回廊を通り何処かに向かう。

おや！　騎士の広間に集まるようだ。

昔からある大きな古ぼけた広間が、すし詰め状態だわい。

周囲の壁には厚く大きなゴブランの絨毯が掛かり、

壁のくぼみや隅には由緒ある甲冑が飾られておる。
もうこの雰囲気なら、魔法の呪文も別段いらぬわ
幽霊どもがごく自然に出てきそうな塩梅だから。

騎士の広間

ほの暗い照明
皇帝と宮廷人らすでに着席

先導の者　この先前口上を述べる私の役目が、どうも
目に見えぬ亡霊に妨げられ困ったものです。
この不可解な筋立てをどう説明していいものか、
あれこれ試みてもうまくいかず
ともあれ各人各様の椅子は整い終わり
皇帝には正面の壁の真向かいにお座りいただき
そこなら壁掛けに織り出されている
偉大なドイツの戦さの様子もご覧いただけます。
さあ一同が皇帝のまわりに着座されました。

今や後ろの長椅子も埋め尽くされ、
薄気味悪い幽霊見たさに恋人同士もやさしく寄り添い
みな席に着いて準備は整い
さあ霊どもよ、今こそ出てきていいぞ！
（ラッパが鳴り渡る）

天文博士　芝居の幕を開けよ。
皇帝のご命令ですぞ、四方の壁よ、開くのだ！
もう何も妨げるものなく、魔法の出番だ。
火事で巻き上がるごとくに
壁に掛かっていた絨毯が姿を消していく。
石壁はふたつに割れて回転し、
奥行きのある舞台がせり出し、
妖しい輝きが我々を照らしだす
さて私めはその光の下の張り出しに上がるとしよう。

メフィスト　（舞台上のプロンプター席から現れて）
私はここでお目見えし、ご愛顧をたまわろう。
台詞を付けるのは元より悪魔の得意技だからね。
（天文博士に）

星々の正しい律動をよくご存じのあなただ、
私がささやく台詞も見事に伝えてくれるでしょうな。

天文博士　奇跡の力で、
今眼前に雄大な古代の神殿が現れた。
かつて大地を背負った巨人アトラス*のごとく、
無数の巨大な円柱が立ち並ぶ。
この二本の支柱なら、
どんな岩山の重みにも　びくともしないはずだ。

建築家　古代様式だと！
褒められた代物ではない、なにか不格好で重すぎる。
世のものは粗野を高貴に、不器用を偉大に、と言い換える。
私なら細い柱が寄集まる、高く伸びるゴシック建築がいい。
先が尖っていれば天頂を見上げる時、精神は清められ
信仰も深まる、そうした建築にかなうはずもない。

天文博士　家臣の皆様、畏怖の思いを込め
星が巡るこの恵みの時を受け入れてほしい
理性が魔法の言葉で封印される時、代わりに

巨人アトラス
ギリシャ語で支える人、の意。両肩で地球を支える巨人。そのため地図帳をアトラスという。

壮大かつ高慢な空想が軽やかに遠くより降り来る。
そうすれば、いまこそ不遜な希望が見えてくる
あり得ぬこととなるが故に信じるに値する。

ファウスト（張り出しのもう一方の側より浮かび出る）

天文博士　司祭の服に葉の冠の不思議な男が再び現れ
自信たっぷり始めた技は今仕上がるということです。
もやもやの中、三本足の香炉を手に男が昇ってくると
聖なる煙があたりに漂い始める。
高貴な仕事を成し終える用意は整い、
これから先すべてよき方向に進むのでしょう。

ファウスト　（ものものしく）
境なき境に座を占め、しかも永遠に孤独と向き合い
相集いて暮らす母たちは、聖なる身のその頭を揺らし
その頭の周囲では、生命の形が生命にならぬまま漂う。
私は今、その母たちの名において唱え執り行う
かつて光と輝きのうちにあった
全ての永遠に在ろうとする意志は

今も脈々と境なき境で動き続ける。
全能の力をもつ御身らはそれらの生命を
昼の青い天空へ、夜の星空の天井へ振り分け送る。
ある者は生命の優しさをもち世に送られ、
ある者は大胆不敵な魔術師に捉えられる。
誰もが見たいと望む驚くべき奇跡が具現するのだ。

天文博士　灼熱する鍵が香炉に触れるやいなや、
すぐさま煙がもうもうと広間に立ちこめる。
霧は低く広がり雲のように波うち
固まり、交わり、分かれ、二つになる。
さあ、霊たちによる巨匠の技をご覧ください！
空に棚引く霧の塊が動くにつれ奏でられる音楽。
名づけようのない軽やかな調べが湧きでて
流れる霧の一切は楽しき音となる。
広間の円柱、三筋の飾りさえ響き始め
今や神殿全体が歌っているようだ。
もやが晴れ、薄いヴェールの中から
音楽に合わせて美しい青年が歩み出る。
もう私の出番ではなく、その名を口にする必要もない。

優美なるパリスを知らぬ者はいないだろうから！

パリス登場

貴婦人　何という若者でしょう！　青春の輝きです！

第二の貴婦人　みずみずしい、採りたての桃のようだわ！

第三の貴婦人　やわらかな、それでいてふっくらとした唇！

第四の貴婦人　ああいう盃からお飲みになりたいのでしょう？

第五の貴婦人　上品とはいえませんが、本当にかわいい男の子。

第六の貴婦人　もうちょっと気づかいがあればいいのにねぇ。

騎士　私に言わせれば羊飼いの少年ですな、
貴公子というには程遠く、宮廷の儀礼も知らぬようだ。

他の騎士　そうだね！　半裸でいるから人目も引くが、
甲冑をまとってみなければ、なんともいえぬな！

貴婦人　あら、腰を下ろしたわ、感じの良い身のこなし。
騎士　あの膝の上にお乗りになりたい、とお思いでは？
他の貴婦人　腕を頭の後ろへまわす姿の優美さ。
使いの若者　何たる無作法！　ここをどこだと心得ている！
貴婦人　殿方は何でもけなせばいいと思っているのかしら。
使いの若者　陛下の御前で、だらしなく寝そべるとは！
貴婦人　でもあれは演出です！　一人芝居です。
使いの若者　芝居にせよ、ここをどこだと思っている。
貴婦人　あら、かわいい顔をして、すやすやと眠りこんだ。
使いの若者　すぐにいびきをかきますよ、それこそ自然態だ！

うら若い貴婦人　（うっとりして）香りに混じっているのは何？
心の内に爽やかな生気が蘇ってくるみたい。

年配の貴婦人　ほんとうだわ！　深く染み込んでくるのは、
あの若者の生気かしら！

老いた貴婦人　それは歳月が育む花盛りによる証です。
若者の身体から不老不死の霊薬として生成され、
大気へ立ち込めていくのです。

ヘレナ登場

メフィスト　なるほどこの女か！　これなら間に合うな。
きれい、といわれても俺には少しピンとこないが。

天文博士　正直言ってこれほどの美人とは思わなかった、
もう私の出る幕ではないが
どんな聖霊の弁舌をもってしても形容の言葉に欠ける。
昔から美についてはいろいろ歌われてきたが、
見てしまうとうっとりぼんやり見惚れるばかりだ！

この美を手にした者は、幸せを超えてどうなってしまうのか。

ファウスト　俺にはまだ審美眼があるのだろうか？
美の泉が心の奥から噴き上げて映るのか？
怖ろしい旅にこの素晴らしい手土産が託されたのだ！
俺の今日までの世界は開示せず無に等しいものだった！
それが美の女神に仕えてからは様変わりしたのか？
それ以来、望ましい生活に張りを持つことができた。
美よ、もしお前なしの世界に戻ってしまうなら、
その時は息の根は断たれてしまっても構わない。
魔法の鏡*に映って、昔この俺を熱狂させた美しい姿、
それさえも、今ここに見る美の極地に比べれば、
ものの数ではない！――
美よ、一切の力を捧げるに足るお前に
我が情熱の根幹を捧げる
愛情、憧憬、崇拝、狂気のすべてを。

メフィスト　（舞台監督用のプロンプターの穴から）
もしもし大丈夫ですか、役柄を外れては駄目ですよ！

魔法の鏡
第一部「魔女の厨房」でファウストは絶世の美女の幻影を見る。

年配の貴婦人　背も高く姿もいいけど、頭が小さすぎるわ！

うら若い貴婦人　まああの足！　なんて不細工なんでしょう！

外交官　高貴な女性によくお見うけしたことがあります。
頭の先から足の先まで素晴らしいお方だ。

宮内の長　下心があるのか、優しく近寄っていきますね。

貴婦人　眠っている男のそばに寄るなんて、いやらしい！

詩人　ヘレナの美の光が若者を照らし輝いている。

貴婦人　まるで牧童と月の女神*による絵のようですわ！

詩人　まったくその通り！　ヘレナが身をかがめ、
かぶさるように若者の息を吸おうとしている。
何とも羨ましい！——　接吻ですか！——
あー見るに堪えん。

まるで牧童と月の女神……
月の女神ルナは牧童のエンデュミオンに恋をし、人はいつかは死ぬ、という事に絶望を感じ、ゼウスに願い目覚めることのない眠りにつかせた。

行儀を教える女官　人目も気にせず！　なんということを！

ファウスト　あんな若僧には過ぎたる行為だ！――

メフィスト　まあ、お静かに！　そっとして！
幽霊には好き放題させておきなされ。

宮内の長　女は音もなく足早に離れ、若者が目を覚ます。

貴婦人　女は振向きますよ！　思ったとおりです。

宮内の長　仰天ですな！　若者は何が起こったかわからない。

貴婦人　ヘレナには驚くべき事など何一つないのですよ。

宮内の長　きちんとした作法で若者のそばに戻っていく。

貴婦人　青年に所作を教えるつもりなのですよ
私にはわかってます、浮ついた男は皆同じ、
女の素振りで自分が初めてだ、と信じ込まされる。

騎士　ヘレナを貶めないでくれ！　風格ある美しさを！――

貴婦人　ただの男好きですよ！　特別どうということも！

お付きの若者　ぼく、あの若者の代わりになりたいな！

宮内の長　ああした女の罠を、嫌がる男がいますかね？

貴婦人　きれいに見える宝石類も、長年人手を渡ってくれば
　金のメッキも剥げているはずだわ。

他の貴婦人　十歳のときから性悪女だったそうじゃないですか。

騎士　誰しも、人はその場その時の最上な品を選びたいものだ。
　だが残り物にしても、これだけの女なら文句はいえない。

学者　たしかに私には女の姿に見えていますが、正直申して
　本物のヘレナと疑う余地なし、とも言いきれません。
　とかく人は眼前のものに惑わされ過大な思いを込めますから。
　私としては、書かれたものに真実があると思いたい、

ホメロスはこう書いています。
髭も白いトロイの老人たちの誰からも好かれ
そろってヘレナにぞっこんだった、と。
今この方を前にすると、全くそのとおりですな、
若くない私が、やはり気に入っているのですから。

天文博士　もはや若者ではない！　雄々しい男に変わり、
ヘレナはぐいと抱きしめられ抗えない。
腕に力を込め高々と抱き上げている
いったいヘレナをどこへ連れ去る気なのか？

ファウスト　　図々しいぞ、お前！
なんてことを！　待て！　止めろ！　度が過ぎるぞ！

メフィスト　幽霊どものこの芝居、演出はあんたのはずだ！

天文博士　もう一言！　これまで起きた一切を顧みて、
この一場を「ヘレナ略奪」と名付けたい。

ファウスト　略奪だと！　俺が何もせずにいると思うのか！

この手中の鍵が目に入らぬか！
こいつは孤独と恐怖の波また波を越え、
堅固な岸まで俺を連れてきてくれた鍵だ。
この足でしっかり立つ！　ここここそ現実の場で
ここに立ってこそ、我が精神は霊たちと戦い、
偉大な二重王国を築けるのだ。
だがあれほど遠くにいる女にどうやって近づけるのか。
ヘレナを救えれば、二重に俺のものなのだが。
見ていろ！　母たちよ！　どうか許してくれ。
一度知ったら、誰もがその魅力のとりこになるから。

天文博士　ファウストさん！　ファウストさん！——
一体どうするんです、ヘレナに力尽くで掴みかかって。
ありゃ、もうヘレナの姿がぼやけてきた。
ついで若者に鍵を突き付けてしまった！
何たることか！　危ない、しまった、あ！　あ！　ああ！

（爆発、ファウストは床に斃れ、
古代の亡霊は霧となり消える）

メフィスト　（ファウストを肩に担いで）

やれやれ！　とうとうこの有様だ、

馬鹿者たちのこんな騒動に巻き込まれては、

悪魔さえ割を食うはめになってしまうのさ。

（暗転、人々の騒乱）

第二幕

高く狭い丸天井をもつゴシック様式の部屋

（かつてのファウストの部屋、当時のまま）

メフィスト　（舞台後方より幕の前に現れる。
　幕が揚がると背後にはかつての寝台に
　身を横たえているファウストがみえる）

そこで寝ていろ、憐れな男よ！
やっかいな恋煩いに絡みつかれた！
ヘレナに現（うつつ）を抜かした奴は、
そう易々と正気に戻れないのさ。
　（周囲を見渡し）
どこをどう見ても
まったく変わっていない、あの時のままだ。
そうは言っても、色硝子はあの頃より
黒ずんでいる気がするし、
蜘蛛の巣も増えたようだ。

固まったインクに黄ばんだ紙、
だが　何もかもそのままだ。
あいつが身売りの証文をしたためた
鵞鳥の羽ペンも、あの日のまま転がっているわい。
おや！　ペン軸の奥で固まっているではないか、
俺がうまうまと騙し、せしめた血の一滴も。
こういう珍品を世の好事家に掴ませ、
有頂天にさせたいものだ。
旧式の掛け金には、
古めかしい毛皮の一張羅がそのままに。
あの外套を見ると、新入りの学生を相手に
一席ぶった事を思い出す。
もう奴も意気盛んな歳になったろう。
あの若造は俺が言ったことを
今でも唱えているかな。
おい　そこの暖かな外套君、また君を羽織って
もう一度化け、そっくり返ってみせようか。
世間一般のありふれた教授になりすまし、
威張りくさってこそ似合うとしたもんさ。
そんな連中の暮らしぶりなど

悪魔にはとうの昔終わっているんだが。
（外套を取りおろすと、キリギリス、
コオロギ、蛾など飛び出してくる）

虫けらの合唱
これはようこそ！これはようこそ！
だんな様！
わしら虫けら飛んだり舞ったり
いつもこそこそ
存じ上げてるだんな様
あの日わしらを植えつけた
こっそりそっと一匹ずつ
それからこんなに増えたので
だからこうしてはしゃいでた
いたずら好きな連中は
慌てて胸元に身を隠し
しらみも毛皮から堂々と這い出る

メフィスト　楽しいな、この子たちに会えたのは！
種をまいておいたから、準備よろしく役に立つ。

そこかしこからもっと飛び出してくる。
古い生地を振ればもっともっと。
一匹ずつ飛び上がれ！　這い回れ！
さあ可愛いお前たち、早くどこでもトンずらせい。
そこにある古い箱や、
色の変わった羊皮紙の中や
古い壺の、埃まみれの破片の中へも。
あそこの、髑髏の目ん玉にもぐりこめ。
がらくたには黴の臭い、
座を盛り立てるには気まぐれ蟋蟀が望ましい。
（その毛皮を羽織る）
もう一度この肩を包んでくれ。
今日はまたこの俺がご主人様だ。
そうはいっても物足りないのは、
俺を主人と認めてくれる者達がおらんことか！
（呼び鈴のひもを引くと、耳をつんざく鋭い音
建物全体が揺れ、全ての戸がバタンと開く）

助手　（長く暗い廊下をよろめきながら来る）
なんという物音だ！　ぞくぞくするこの体！

階段が揺れて、壁も震えている。
がたぴし震える色硝子の窓から、
ぴかぴか光る稲妻が見える。
入口のたたきや天井にひびが入った。
壁や石の欠片が落ちてくる
堅く閂を掛けておいた戸がみんな
魔術でもかけたように開いている――
おや！　なんと恐ろしい！　大きな男が一人
ファウスト先生の古い毛皮を着て立っている。
あの目つき、あの口元、自ずと腰がぬけそうだ
逃げ出そうか？　それともここにいようか？
ああ！　一体何ということか！

メフィスト（目配せして）
こっちへ来たまえ！　君はニコデームス君*だったね。
助手　そうです、先生！　どうか神のご加護を。
メフィスト　その台詞はもうご遠慮願おう！

君はニコデームス君
「ヨハネ福音書」に出てくるユダヤ人指導者の名。イエスに対し、「貴方がなすことの証左は神とともにあることでしか語りえない。」と伝えた。

助手　恐縮です！　いまも私をお心に御留め頂き。

メフィスト　よく知っておる、老書生だね。
苔の生えた先生だ！　学究の徒とは
そんな風に研究を続けていくのだね。
他にはどのようにも生きようがないから。
そうやって吹けば飛ぶような学説を建て、
だがどんなに偉くなっても、
建て終えるという精神は育めないのだ。
あらゆる勉学に精通していたワーグナー博士
君の先生、あの先生を知らぬ者はいない。
第一人者として！　日々知性に磨きをかけ、
あの先生のみが統括している！
知識を求めて学生や聴講生は参集し、
先生だけが壇上で輝いておる。
聖ペテロさながら*知性の鍵を携え
天界も下界も思うがまま開けてみせる。
なにしろ実力も煌めくばかりのお方だ、
どんな名声も栄誉もおっつかないほどに。
ファウスト博士の名さえ影が薄くなる、

聖ペテロさながら　「マタイ福音書」でペテロは天国や地獄の門を開閉する鍵を託されている。メフィストが持ち上げるワーグナーも天界や下界を自由に扱える、というのだ。

ワーグナー博士に比べたらな。

助手　なんとも！　師をそんなにも！　恐縮です！
失礼ながら、どうお言葉を返していいものか。
しかし決してそうではありません。
何しろ謙遜を絵に描いたような方ですから。
さきの不可解なファウスト先生の失踪より、
心の休まる時がありません。
行方不明になられた大先生のお帰りを誰よりも願い、
部屋も片付けず、その時のままです。
ただただ帰られることのみ願っておいでだ。
私など弱輩の者は、
部屋に入ることさえ許されずにいるのです。
ところで、今は如何なる星回りでしょうか？
先ほどは壁が震えて、戸も柱もがたがた鳴り、
扉が開いてしまった程です。
だから貴方もお入りになれたのでしょう。

メフィスト　君の先生はどこへ隠れてしまったかな？
私を先生のところへ連れていくか、

それともこちらへ来てもらえないか。

助手　いやそれが！　実は部屋に人を絶対に入れるな、
というきついお達しで、
大きな仕事にとりかかり数か月も閉じこもって、
さて何とも、この私にはどうしたらいいのか。
学者の中でも体躯の最も弱い方なのに、
まるで炭焼職人のように耳や鼻まで真っ黒になり、
火を起こすため眼も真っ赤にして
火ばさみの響きを伴奏に、
仕事の完成を目指しているのです。

メフィスト　だが私を断れるはずもない。
その仕事を早めてあげようというのだからな。

（助手は退場し、メフィストは
どっかりと腰を下ろす）

ここに座って一段落と思いきや、
騒々しく向こうから顔なじみがやってきたが。
今では一丁前の進歩派を気取っているから
さぞ大口を叩くに違いない。

学士　（廊下を駆けてやってくる）
　門と扉が開いているぞ！
　これでなんとかこれまでのように、
　死人のように黴の中で縮こまり朽ちて
　生身の人間が生きながらに
　ミイラと化すのを見ないでいいものか。

　この建物の厚い壁や石の壁も、
　そのうち傾いて沈みそうだ。
　うまく引き上げないとな。
　下敷きになるのは嫌だし
　いかに大胆なこの俺でも、
　もうこの先へ進むのはごめんだ。

　でも今日は何故こんな事になるのか！
　西も東もわからぬ新入生として
　この俺が不安でおどおどし
　もう何年も前にここを訪れたんだ！
　びくびくして髭面の先生どもを信じて、

奴らのおしゃべりを有難がった部屋だが。

奴らは古ぼけた硬い表紙の本を手に
己の知識をあれこれと切り売りし、
自分では信じていないことを言って騙し、
互いの人生を無意味なものに終わらせた。
おや？　あれはなんだ、奥の部屋の隅、
薄暗がりに誰か一人座っているぞ！

近づいてみれば、どうも呆れたね。
あの先生、いまだに例の茶の毛皮を羽織り、
この部屋で別れた時の格好で、
もじゃもじゃした毛皮にくるまって！
あの時はずいぶん偉そうに見えたが、
それはこっちが若かったからだ。
そうは問屋がおろさない。
ひとつ、こちらから一発かましてやろう！

これは老先生、レーテ河の忘却の濁った流れに
先生の禿げたおつむがまだ浸かっていないなら

むかし弟子だったよしみで、また懇ろにして下さい。
あれからどうにか一人前になるよう学んできました。
先生は昔とお変わりないようですね。
ですが私は昔の私ではありません。

メフィスト　呼び鈴を聞いて来てくれたのか、そうか。
あの頃から君は見どころのある学生だったよ。
いつの日かきれいな蝶になる毛虫や蛹は、
最初からその兆候があるものなのだ。
巻き毛の頭にレースの襟の服。
君は青年らしく快活そのものだった。——
今日の君はスウェーデン風に刈り上げた髪型*だ。
弁髪にしたことはないのかな。——
きびきびした姿は、しっかり者に相応しい。
ただ絶対を追うあまり観念論にはまり込まぬように。

学士　老先生！　ここは場所こそ昔と同じですが、
昨今のご時世をご推察願い、
どちらにもとれる曖昧模糊な言葉は控えて下さい。
私たち二人の考えは、まったく異なるのですから。

スウェーデン風に刈り上げた髪型
当時流行したスウェーデン国王グスタフ・アドルフを模した髪型。

善良で生真面目な私は、何かにつけからかわれました。
先生とすればお茶の子さいさいでしょうが、
今なら、そう簡単にはひっかかりませんよ。

メフィスト　若い人に真実そのものを言ってしまうと、
快く聞こうとしないものなのだ。
だが年を経て一切を自分の身に照らし思い知る時、
今度はそれが自分の独創だ、などと自惚れて、
あの先生は馬鹿だ、などとぬかす始末だ。

学士　どこに真実を率直に教えてくれる師などいますか？
つまりそれは、ずるい先生だ！　という程度でしょう。
生真面目な学生に、足したり引いたりを仕事と思わせ、
無知な学生を、ぬかりなくあしらうのですから。

メフィスト　勉学にうってつけの時期はあるものだが、
君は人にもう教えていいつもりになっているのかね。
あれ以来かなりの歳月を費やしたのだから、
どうやらもう相当の経験を積んだに違いない。

学士　経験の価値！　そんなもの泡と埃では！
本当の問題は人それぞれの精神の在り処ですよ。
正直に言えば　人がこれまで学び知ったことに、
そんなにも価値があるのでしょうか。

メフィスト　（間をとって）
実は私めも、ずっとそう思っていた。
それ故この自分が、軽薄で愚鈍に思えてしかたがない。

学士　なんとまぁ！　ご立派な理にかなったお考え、
これほど物わかりの良いご老人がいようとは！

メフィスト　つまり、埋蔵の黄金とやらを探しに行って、
怪しげな炭を持ち帰ってきたようなものだ。

学士　さあてね、先生の禿げ頭には、
あの棚にある骸骨ほどの値打ちもありますまい？

メフィスト　（愛想よく）
そういう言い方をする君も

かなりの礼儀知らずということだな？

学士　ドイツ人で慇懃な奴は、
嘘つきと相場が決まってるんです。

メフィスト　（座ったまま車付き椅子を前にずらし、
　平土間の観客に向かって）
この高いところは目がしょぼしょぼし、息も詰まる。
そちらへ（客席）行ってもよろしいか？

学士　もう老いぼれの上に時代遅れの身で、
今もそれなりに、と思うのはいただけません。
生命は血の中を生きて流れている、
その血が最も躍動するのが青春でしょう？
生命から新しい生命が創り出される
一切が動き、事が成され、
弱きは廃れ、強さは更に躍動する。
僕らが世界を観念で半分征服したところに、
あんた方は何をなさっていた。
夢想か、思索か、はたまた熟考か。

いずれにしても机上で策を弄したのみ
まったくもって老いるとは冷たい熱病のよう、
不機嫌、気紛れという病には、寒気がする。
人間三十を越したら死人のごとくなり
もはや潮時をみて叩き殺すのが最善なのだが。

メフィスト　なんとも開いた口が塞がらぬわ。

学士　意志する僕が望まない限り
悪魔が存在するはずがない。

メフィスト　（傍白）
そのうち悪魔に脚払いを一発かまされるに違いない。

学士　若き世代が担う最も高貴な特権！
世界も僕が創り出したから存在したのであり
太陽も僕がいてこそ海から昇ってこれた。
僕がいてこそ月も運行を始め
僕の思いのまま一日は昼の装いを始め、
大地も緑あふれ花咲かせ迎えてくれる。

僕の合図で（天地創造の）最初のあの夜、
星たちが美の光彩を放ったのです。
俗人のもつ狭苦しい精神の枷を外せたのは
誰あろう、この僕がいたからなのでは？
僕は自由な精神の声に従い
内に射す光をあるがまま楽しく追っては、
暗黒の世界を後ろに、光を前方に見て
比類なき歓喜に包まれ速足で進んでいくのだ。

（退く）

メフィスト　独善に浸り、独り勝手にほざけ！
些細なことも立派なことも、
およそ今人が思っていたことは
もうとっくに先人が考えついていたのさ？
だが、あんな奴がいてもどうということはない。
時が経てば世界は様変わりする、としたもの。
葡萄の搾り汁もはじめはどんな状態であろうと、
いずれは澄んだ酒になるという理屈だ。

（拍手をしない土間桟敷の若い客に）

私のセリフを冷たく聞き流すのですかな。

坊ちゃん嬢ちゃん、ここは大目に見てあげますよ。
しかしね、もとから悪魔は年寄りなんだから、
あんた達も歳をとったらきっと分かりますよ！

実験室

中世風にしつらえた部屋
何やら怪しげな実験器具が
ものものしく並ぶ。

ワーグナー　（かまどの前）
呼び鈴が鳴り響く、恐ろしい音だ
煤けた壁も揺れ動くくらいに。
もうすぐだ、ここ一番の仕事に決着がつくのは。
ようやく暗がりに明るさが見えてきた。
ようやくフラスコが石炭のように光り始めた
いや、品のあるざくろ石の輝きにもみえる
闇の中を稲妻が走る！

明るい白色の光で燃え始めた!
今度こそ成功させたいのだが!――
おい!　扉をがたがたさせているのはなんだ?

メフィスト　(登場)やあ、これは先生!
何も悪さをする気ではないのです。

ワーグナー　(びくびくして)
これはようこそ!　よい星回りの時刻に来られた!
(小さい声で)
でもお言葉は口元でそっと願います
今がここ一番の勝負なもんですから。

メフィスト　(更に小さな声で)
いったい何事なんです?

ワーグナー　(更に小さく)
ひとが出来あがるところなのです。

メフィスト　ひと?　はて、いったいどんな恋人同士が煤の付いたフラスコに閉じ込められているのかな?

ワーグナー　とんでもない！　これまでの子づくり術は、
悪趣味な遊戯程度だったと言っていいのです。
生命が生まれる得も言われぬ一瞬を支える
内から湧き出てくる繊細な接合力、
その相関を経てから、ひとの姿が創られ育まれる。
近きものと異質なものから、新たな形体を獲得する。
これまでの行為から今や解放されるのです。
なるほど動物なら今後もそれで満足するでしょうが
さらに上を望む人間なら、立派で高度な
より高い出生の創り方を目指すべきでしょう。

（かまどに向かって）

ほら、光ってきた！　見て下さい！
こんどはうまくいきそうだ。
たくさんの材料を混ぜる
この混ぜ合わせるという作業にもっとも苦心する
材料を、焦らずゆっくり調合し、
それをフラスコに密封し適時に蒸留する。
そうすれば、おのずと完成に向かうはずだ。

（かまどに向かって）
ほうら、生まれてくる！　塊の動きが目に見え、
確信は真実に一気に変わりつつある。
自然の神秘として崇めてきたやり方でなく
今、我々の知性を使い試みるのは、
これまで自然が創りだした生命を、
我々自身で結晶させようという訳です。

メフィスト　長生きすると面白いことに出くわしますなあ。
つまりこの世には新しい発見は一つもない理屈だ。
この私も世界を遍歴しているとき、
結晶からできた民衆に会ったことがある。

ワーグナー　（フラスコを覗き続け）
昇ってくる、ぴかりと光った、固まってきた、
もう一息の辛抱だ。
偉大な計画は、最初はいつだって馬鹿げて見えが
これまで偶然に委ねられていた子作りも、
笑って待てるくらいがいい。
将来的にはそれなりの思想家により

優れた脳みそが創られる時代が来るでしょう。
（フラスコにうっとりして見入る）
ガラスがゆったり愛らしく動き鳴っている。
濁っては澄んで、かわいらしい姿が見えて
いよいよ大詰めだ！
ちっぽけなものが動き始めた。
神秘のヴェールが外された今この時、
これ以上世界に何を望むというのですか？
この音に注目してほしいのです、
音が声らしく、更には言葉に聞こえてくる。

ホムンクルス*（フラスコからワーグナーに）
おや、お父さんですか！　こんにちは？　大変でしたか？
さあ、そっと胸に押し当てて下さい！
あまりきつく握るとガラスが壊れますよ。
自然のものには宇宙といえども
広すぎることはないでしょうが、
人工のものには限られた空間が要るのです。
（メフィストに）
おや、いたずら好きのおじさんもここに？

ホムンクルス
フラスコ内で生まれた生命体。15世紀の錬金術師・医師であったパラケルススの業績をゲーテは知っていた。彼は自己の精液に化学処理を施し、生物を誕生させられる、と考えた。第一部の解説「ファウスト伝説事始め」を参照。

なんともありがたい限り、
良き運に恵まれ、ここでお会いできた。
生まれた以上は何かしなければ、と思いつつ、
それなら、すぐにその支度もしたいのですが
万事に通じたあなたならその所作もご存知でしょう。

ワーグナー　ちょっとでいい、私の話も聞いてほしい。
老若男女の相談に煩わされて恥をかいてきた。
これほど見事に魂と肉体が調和し、
これほどぴったりと二つが離れられないのに
現世で人生を台無しにする者ばかりなのは、
一体どういう訳なのか——　例としてあげれば——

メフィスト　待っておくんなさい！　尋ねたいことが。
どうして男と女はこうも上手くいかないのか？
お前さんにはわかりはしないだろうが。
さて、このちび助にはうってつけの仕事がある。

ホムンクルス　どんなことですか？

メフィスト　（暗幕脇の扉を指し）うまくできるかな！
ちびちゃんの力を借りたいのだが。

ワーグナー　（フラスコを見つめ続け）
ほんとに、なんと可愛らしい子だろう！
（脇の扉が開き、そこには
寝台に横たわるファウストが。）

ホムンクルス　（驚いて）
これは一大事！
（ワーグナーの手からふわりとすり抜け、
ファウストの上へ浮かび辺りを照らす）
なんと素敵な眺めでしょう！　澄んだ水の流れ、*
緑濃い森の中、川辺で衣を脱ごうとしている女たち。
興味津々です！　これは魅惑的な場面ですね。
中にひときわ美しい方もいる。
きっと家系も良い神々の血筋なのでしょうか。
澄み切った水に脚を浸しています。
気高い体から出る何か優しい生命の炎が、
しなやかな水の結晶で冷やされて。

澄んだ水の流れ
白鳥に化けたゼウスはレダと契りヘレナとポリュデウスを生む。レダは同時に夫のテュングレオとの間にカストルとクリュタイネストラを生む。つまりレダからヘレナと男三人が同時に生まれたことになる。その異父の双子カストルとポリュデウスは後に双子座の星となった。

でもなんという慌ただしい羽ばたきの音なのか、
鏡のような水面が乱されて？
その音に周りの娘たちは怯え逃げるが、
その女王らしき方は悠然と見つめ続ける、
誇り高く品を作り満足の表情で。
そこに白鳥の王がなれなれしく
膝元へすり寄ってくるが
女は臆しもせず満足げにしている。
その人慣れした白鳥に泰然として。
すると急に細かな靄が昇って拡がり
この優美な全景を即座に覆ってしまった。

メフィスト　お前はよくしゃべるなあ！
小さい体にしては大それた空想家だ。
おれには何も見えてこぬが――

ホムンクルス　それは、おじさんが北方の出身だから。
おじさんは大昔、霧に包まれ騎士や坊主の
ごたごたが絶えない時代に育ったが故に
物事を客観的に捉えるには程遠い気性で

薄暗いところでしかその本領を具現できない！
（寝室の周囲を見回し）
何なのですか、この黴だらけで不快な褐色の石壁、
窓も先は尖り、渦巻を模しせり上がった天井！
この方が目を覚ますと、困ったことになりそうだ。
きっとすぐに死んでしまうかもしれない。
森の泉、白鳥の群れ、美しい裸の女達、
この方の見た深い夢に意味があるにしても、
ずっとここにいられるはずがない！
のんき者を自認する僕だって耐えられない。
さあ、この人を連れてこの部屋から出ましょう！

メフィスト　それは願ってもないが。

ホムンクルス　兵士には戦さの場が、
娘には踊りの場がよく似合うとしたもの。
それで万事が上手く進むのです。
さて急に思い出したのですが、
ちょうど今まさに古代ワルプルギスの夜祭り*だ。
この日この時に考えうる最上の策は、

古代ワルプルギスの夜祭り
第一部の中世ゲルマンの魔物に対応する古代の「ワルプルギスの夜」。ベネイオス河上流には醜い異形のものが集まり、下流とエーゲ海には美しい異形のものたちが集まる。

この方が活躍できる地へ連れていくことですね。

メフィスト　ふん、そんな祭りは聞いたこともない。

ホムンクルス　お耳には入ってないのでしょうね?
あなたがご存知なのは中世の化け物たち。
でも本家は古代ギリシャの妖怪たちなのです。

メフィスト　それなら一体どこへ連れて行くのだ?
古代の連中と仲良くするなんてまっぴらだ。

ホムンクルス　北西があなたの気に入った領地だが
我々は南東に向け帆を張ろうと思うのです。
広々とした平野をペネイオス河が自在に流れ、
山から谷を出て藪や林に入れば静かな入り江となり、
野は山の奥深く幅広く続き
その上流に新旧のファルサルスの地*があるのです。

メフィスト　やめてくれ!　行く気もせん!
捕虜となった奴隷の扱いもひどいそうじゃないか。

ファルサルスの地
ペネイオス河のほとりにファルサルスの地があり、そこでカイザーとポンペイウスによる戦争が始まった。二人は三頭政治において仲は良かったが、古代共和制を巡る対立で戦になりポンペイウスはエジプトに逃れ暗殺された。

うんざりするほどだ。
やっと収まったかと思うと次のいざこざが起こる。
不和を楽しむアスモデウス[*]が裏で操っているらしいが
誰も事の本質に気づかないのだから仕方ない。
自由を得るため、と双方がいってもよくよく見れば
奴隷同士に喧嘩をさせているに等しい有様だ。

ホムンクルス　人の世の争いはどうにもなりません。
小さい頃から自分の身を守るので精いっぱい。
誰でもそれで一人前になるのです。
今は、どうしたらこの方[*]を再生できるのか。
だからいい知恵があるなら試すのみだ。
あなたで駄目なら、次は私に任せてください。

メフィスト　ブロッケン山地なら策があるのだが。
異教の地では通用するはずがない。
そもそもギリシャ人が何の役に立つのか！
そうは言ってもこの地で官能の世界を覗けば、
心は惑わされ、屈託のない罪悪へと誘い込まれる。
そのくせ罪悪まで俺たちが陰気だとぬかす。

アスモデウス
不和と戦乱をもたらす悪霊。

この方
眠りについているファウストを指す。

だから何をどうしろというのだ？

ホムンクルス　女性には抜け目ないあなただ、
テッサリアの魔女を私が紹介したら
満更でもないはずですかね。

メフィスト　（色めきたち）
テッサリアの魔女！　それはまた！
長年気にかけていた女達だ。
女も毎晩同じ顔では味もそっけもない。
ではこちらからちょっくら出掛けていって
その先なんなりと試す分には！

ホムンクルス　　その外套を貸してください。
この騎士さんをぼろ布に包んでみましょう。
そうすればいつかのように、
あなた達を祭りの地へ運んでくれるはずだ。
私が先導して照らしますから。

ワーグナー　（不安顔で）

それで私は？

ホムンクルス　そうですね、
大事な仕事が残っています。
羊皮紙の古書をめくり生命の材料を集め、
処方通り丁寧に調合なさい。
「なに」にもまして
「いかに」の探求が大切と思いますが？
私は私であちこち出向いて、
私自身の最後に必要な仕上げに向かいます。
そうすれば本当の命を得て満点になるはず。
努力すれば、あなたにも報いがあるものです。
黄金に名誉、名声に長寿！
ひょっとして学問や徳も加わるかも。
ではこれでお別れです！

ワーグナー　（がっかりして）
ではこれで、なんて！　なんとも悲しい限りだ。
もう二度と会えないだろうな。

メフィスト　さあ、いざ出発、ペネイオス河を下るぜ！
坊や、なかなか上手く仕切りやがる。
（客席に向かって）
所詮我々は自分で産みだしたものにこだわり、
最後までそれに振り回されるのですかな。

古典的ワルプルギスの夜

ファルサルスの野原
暗闇の中

エリヒトー*
今宵も狂乱の夜祭に、例年のごとく出向きます。
この私、エリヒトー、不吉な魔女と言われても、
不快な詩人連中が誇張して描くほど——
それほど呪わしい女ではありません。
賞賛や非難——　評価はどうあれ、
詩人の言葉は度を越してしまう。

エリヒトー　ダンテ「神曲」にも出てくる夜に暗躍する魔女。

闘いを予感させる灰色の天幕が、谷間に沿って
波のように拡がり白々と浮かんできました。
不安と戦慄に満ちた夜の幻影となって。
こんな風に幾度も夜明けが訪れて！
これからも永遠に繰り返されて！
敵対するどちらもが富を自分の物にしたがり、
力で奪い、支配したがり、
しっかりした後継がいても任せる気などない。
自己の内面を制御できない者に限って思い上がり、
他人の意志さえ蹂躙せずにはいられない。
激しさが更なる激しさを生んでしまった、
この地での惨状は、正にそういう例なのです。
自由を表す優美な幾千の花からなる花冠は引き裂かれ、
勝利した者の頭上には堅い月桂樹の葉が被せられる。
ポンペイウスはかつての偉大な栄光の日々を夢見、
シーザーはといえば、息をひそめ
この地で揺れる秤の運命の針を
見守りつつ夜明けになった！
そして決戦の結末は、誰もがご存知の通りです。

戦陣のかがり火が赤い炎をあげ燃え盛り
大地には流され息をする如く血潮が照り返す、
夜が描く妖しい輝きに引き寄せられ、
ヘラス伝説に生きる軍勢が集結する。
火という火の周りによろめき、ゆらめき
気軽に坐っているのは伝説の物の怪たち――
輝きをました月が昇ってきた
柔らかな光でどこまでも照らしている、
天幕の幻は消えつつ、かがり火は蒼く燃え続ける。

けれど！　上空には！　思いもかけぬ流れ星か！
人の大きさ程のものと、光りを放ち輝く丸いもの。
どうやら生き物らしいが、私に害を与えるものか。
そんな生き物に近づくのは得策ではない。
私が評判を落とし、損を被るから。
おや、地上に降りてくるから用心して立ち去ろう。

（退く）

（上方を飛行する生きもの）

ホムンクルス　もう一度旋回して、

かがり火や不気味な集団の上を飛びましょう。
谷や大地を見下ろすと
異形の者どもがうようよしている。

メフィスト　北国では古い窓から
荒涼や悲惨をみてきたが
なるほど奇怪な化け物だらけで、
ここなら居心地もそう悪くはなさそうだ。

ホムンクルス　ほら！
のっぽの女*が大股で前を逃げていく。

メフィスト　空を飛んでいる俺たちを見て
怖くなったのかな。

ホムンクルス　先に行かせてしまいましょう！
騎士さんは地上に降せば
すぐ正気に戻ります。
望んでいた伝説の地に来られたのだから。

のっぽの女
エリヒトーのこと。

ファウスト　（地上に立ち）
あの女はどこだ？

ホムンクルス　さあ、それはなんとも
でも急いでなんとかしましょう。
かがり火を次から次へ巡り手立てを探し、
夜明け前までに探してみましょう。
母なる地へ行ってきたあなたなら、
もう怖いものはないはずだ。

メフィスト　俺はちょいと用がある。
誰もがよい人生を楽しもうと思うのなら、*
自分の幸せは火を介して冒険に挑むしかない。
さてここで別れるが、
小童、また落ち合うときは合図として
音を立てながらその体で照らしてほしい。

ホムンクルス　こんなふうに光りや音を出しますからね？
（容器が鳴り、強い光を発する）
皆で元気よく新たな不思議を探しに行きましょう！

誰もがよい人生を…
ファウストはヘレナを、メフィストは気に入った魔女を、ホムンクルスは自らの肉体を「よい人生」のために欲している。

ファウスト（一人となる）
ヘレナはどこにいる？　いや問うのもやめよう……
この大地こそ女が歩んだ大地ではないのか、
この波こそ女の足元に寄せた波ではないのか、
この大気はあの女の声を運んだ大気なのだ。
ここに！　奇蹟だ、いま俺はギリシャの地に！
この足で踏んでいる地がそうなのだ。
眠っていた俺に新しい精神が貫通し燃え上がり
この地に立てて力を得て元気百倍、
神話に描かれたアンタイオス*のごとく。
どんなに奇怪な連中が群れていようとも、
かがり火の迷路を巡り、
真摯に探し続けるしかない。
（退く）

アンタイオス
海神ポセイドンと大地の女神ガイアの子。ヘラクレスに殺された。

ペネイオス河上流

メフィスト　（辺りをうかがい）
かがり火の間をうろついてみたが、
まったくもってよそ者だな、この俺は。
みんな裸をさらして
衣服をまとっているのはごくわずかだ。
スフィンクスは品がなく、怪鳥グライフ*は図々しい。
どいつも縮れ毛をたらし翼がはえている。
目に映るのは前も後ろも隠そうとしない連中、
俺たちも行儀が悪い方だが、
この古代の連中ときたら度が過ぎる。
こういう輩は最新の精神で鍛え直し、
とことん現代風に洗脳するしかあるまい――
何とも嫌な奴らだ！　だが不満な顔は見せまい。
新参の客として挨拶くらいは丁寧にせねば――
こんばんは！　綺麗な娘さん方。
お偉いご老人（グライス）連中！

怪鳥グライフ
頭と翼は鷲で身体は獅子。宮殿の宝物などを守護する。

グライフ　（しゃがれ声で）
老人（グライス）じゃない！
怪鳥（グライフ）だ！
誰だって爺さんと呼ばれたくないもんだ。
どんな言葉も語の源には意味が反映されている。
老害、老練、老醜、老々、意味は異なっても
ともかく似た音、老（グラ）で始まるから、
聞く側にすれば甚だ不快さが連想される。

メフィスト　さて道草はしないことにして、
グラをもじり「グライフェン」（食らいつく）
でも気に入りませぬか。

グライフ　（しゃがれ声で）
気に入った！　つかず離れずならいい。
悪く言われ、褒められるのもそれなりにならو。
「怪」に繋がり幼き女、王冠、黄金とくれば
誰もが「お摑み」されたがるものさ。
幸せの女神にも摑まれたいしな。

大蟻族　（巨大族）
いま黄金とお聞きしたが、それをたくさん集め
岩の隙間や洞窟にそっと埋め込んでおいたら、
一つ目小僧のアリマスペン族が嗅ぎつけ、
遠くへ運び去ったと、ほくそ笑んでおります。

グライフたち　捕まえて白状させてやるわい。

アリマスペン　（騎馬民族・スキタイ地方に住む）
無礼講の今夜、それはご勘弁下さい。
明日までには一文残らず使ってしまう算段で。
今度はうまくいったもんだ。

メフィスト　（スフィンクスの間に座る）
なんともここは居心地がいいなあ。
誰の言うこともそれなりに理解できる。

スフィンクス　（上半身は女性、下半身は獅子）
私たちの霊の言葉、
それを解いて的確な言葉に換えてくれる。

人柄もそのうちわかるでしょうが、御名前は！

メフィスト　私めは色々な名で呼ばれておりますーー
ここに英国の方はおられますか？
旅行好きな彼等は古戦場を訪ね、
滝や崩れた石垣、廃れた旧跡などを探しまわる、
ここなどまさにうってつけだ。
私めのことは古いイギリスの芝居に
「旧弊の悪徳」として出ております。

スフィンクス　それはなぜ、どうしてなの？

メフィスト　それは私にもなんとも。

スフィンクス　そうかもね！ところで星座も詳しいの？
今夜はどういう星の動きか、お解りになる？

メフィスト　（空を眺めつつ）
次々と星が流れ、欠けていた月も明るく輝いている。
ここはなんとも居心地がよく

あなたの暖かな獅子の毛皮にくるまって、
星の世界へ昇れたら、なんて考えるのは実に愚かだ。
ひとつ謎かけをしますか、言葉当てでもいいし。

スフィンクス　喋ったこと、それがもう謎になっている。
身の上を洗いざらい述べてみれば――
「人の善に必要なもので、
善人には禁欲のため身を護る胸当てとなり、
悪人には無法を行う共犯となる。
何れも神々の父、ゼウスの御心を楽しませる」
それはいったい何なのですか。

グライフその一　（しゃがれ声で）
いやな奴だな、あの男は！

グライフその二　（さらにしゃがれ声で）
ここでいったい何をするつもりなのか？

二人　ああいう不遜な輩に来られては、はた迷惑だ！

メフィスト　（すごんで）
客である俺のこの尖っている爪が
よもや貴様たちに見えないとでもいうのか？
なんならひとつ試してやろうか！

スフィンクス　（やさしく）
間にこのままいてもかまわないけど、
いずれさっさと逃げ出すわ。
お国に帰れば何かいいことがあるだろうに
でも一理ある、ここがあなたのお気に召さないのは。

メフィスト　お姉さん方、上半身はいかした姿だが、
下半身が獅子とはやっぱりおっかなびっくりだ。

スフィンクス　口から出まかせ、ただじゃおかない。
私達、だてに逞しい前脚に爪を持ってないからね。
そのひん曲がった馬の脚で私達の間にいて、
あなたもいい気分の訳がない。

（セイレーンたち*上方で奏でる）

セイレーンたち
上半身は女、下半身は鳥、その美しい声で船乗りを誘惑し、船を岩で難破させる。サイレンの語源。川にはローレライがいる。

メフィスト　川べりのポプラの枝を、
　揺らしているのは何の鳥ですかな？
スフィンクス　お気をつけなさい！
どんなに注意しても、立派な英雄さえ
　あの歌には囚われてしまう。
セイレーンたち　どうしてそんなに
いい気になっているのですか。
こんな根無しの異物の世界で！
聞いて下さい、群れを成し上手に歌います
それが我らセイレーンの務めです
スフィンクス　（同じメロディでからかう）
うっかり歌にききほれて、
地面に降りてこさせればすぐわかる！
緑の小枝に群れを成し
隠しもってる青鷹と同じ鋭い爪で
襲われたならあの世行き

セイレーンたち　憎み合いもやめて！
嘲りもなしに！
青空の下に散らばっている清らかな喜びを
皆で一緒に集めましょう！
水上でも大地でも、楽しく晴れやかな心で
客人をもてなしましょう。

メフィスト　こいつはまた、
やっかいな連中が現れたもんだ。
喉からの声と弦の音とが一体になり
むつみ合う歌声に酔えるかというと
快く耳をくすぐりはするが、
心にしみるほどじゃない。

スフィンクス　あんたの心にも臓があったとは！
皺くちゃの革袋でしょうが！
あんたの面の皮にお似合いの。

ファウスト　（歩み寄る）
驚いた！　見ているだけで心が躍る。

醜悪にして偉大で、しかも優美な気品が漂う。
運が向いてきた気もするのだ。
この厳粛な場面が俺をどんな境地に導くのか？

（スフィンクスに対し）
かのオイディプスがここでお前達二人と対面したのか。

（セイレーンたちに対し）
誘惑を怖がり、オデュッセウスは自らを縛らせたのか。

（大蟻族に対し）
こうしてせっせと極上の財宝を蓄えたのか。

（グライフに対し）
お前ら怪鳥がきちんと番をしてくれたお陰だ。
清新な精神が体にしみこんでくる。
姿形の巨大さのみならず、
これまでの偉大な記憶をも呼び覚ます。

メフィスト　以前ならこんな連中を軽蔑したはずだが、

やっこさん、もう気に入ってしまったようだ。
好きになった女を探しに来た地で、
異形の者さえ歓迎する気になったのですかな。

ファウスト　（スフィンクスに）
お姉さん方に尋ねたいが、
ヘレナを見かけませんでしたか？

スフィンクス　私達はあの時代まで生き延びられなかった。
一族の最後の者はヘラクレスに殺されましたから。
その事はケイロン先生*にお聞きになればいい。
今夜の祭りのため、あちこち駆けまわっておられる。
先生を引き留められたら大成功です。

セイレーンたち　ずっとここにいらっしゃい！――
オデュッセウス*も足を止めて、
すぐさま通り過ぎたりしなかった。
あれやこれやと聞かせてくれました。
私たちの緑の海辺へいらっしゃい
気に入ってくれたなら、

ケイロン先生
上半身が人間、下半身は馬。野蛮なケンタウロス族出身だが、医術、音楽、天文学、狩猟に通じ、双子の兄弟など多くの英雄の教育、指導に努めた。

オデュッセウス
セイレーンの誘惑から逃れるため、歌声が聞こえる前に体を帆柱にしばりつけさせた。

なんでも教えてあげるから

スフィンクス　ついて行ってはだめ！
歌の魅力に抗して
オデュッセウスは帆柱に自分を巻いたけど、
あなたは私達に従うべきです。
貰いケイロン先生に会えたその時、
忠告の正しさに納得します。
（ファウスト去る）

メフィスト　（機嫌を悪くして）
なんだ、羽音をたてて、があがあと？
目にもとまらぬ速さで
あっという間に次々と飛び去った。
あれでは猟師も打つ手がないほどだ。

スフィンクス　木枯らしが吹きすさぶごとく、
あっというまに飛び去るから
ヘラクレスの矢でも射落とせなかった。
あれは怪鳥ステュンパリデス＊

怪鳥ステュンパリデス　理想郷アルカディアにあるスデュンパロス湖に潜む。ヘラクレスに退治された。

禿鷹の嘴に鵞鳥の脚をもつ怪鳥です。
があがあ鳴くのはあいさつ代わり
神話時代からの仲間だ、と誇示したいから。

メフィスト （怯えて）
何処からか別の、しゅっしゅっという音が。

スフィンクス そんなに怖がるほどでは！
レルネの地*に住む蛇の頭どもです。
胴は切り離され首だけを揃え、
それで一人前のつもりなのです。
でもこれからどうなさるおつもり？
そんなにそわそわして？
どこかへ出かける気？ さっさと出掛けたら！……
そうか、あそこで歌っている連中のところだね。
気に入ったならどうぞお行き！
かわいい顔に挨拶をしにね。
ラミアの集団、*好色で厚かましい女どもさ。
口元に浮かべた微笑み、厚かましい額
山羊の脚持ち森に住む

レルネの地に……
水に棲む多頭の蛇、切られても後から頭がはえてくる。ヘラクルスに切り口を塞ぐごとで、退治された。

ラミアの集団
若い男を誘惑し、その血を吸う。

色好みのサテュロス達*のお気に入り。
蹄の脚もつ仲間なら誰でもしたい放題だとさ。

メフィスト　これからもここに？
お二人とまた会いたいな。

スフィンクス　もちろんいるわ！
あなたは尻軽女についていけばいい。
私たちは遠いエジプトの時代から、
ここでこうして数千年も座している。*
この地にこそ敬意を払っていただきたい。
月と太陽からなる暦に一役買っている私たち。

我らピラミッドを前に座し
裁かれた幾多の民族の運命を見届け
洪水、戦争、平和
いかなる折もここで揺るがず。

サテュロス達
好色な半人半獣の森の神。山羊の脚を持つ。

こうして数千年も座している
上半身は女性、下半身は獅子（ライオン？）のスフィンクスは時を刻む暦として幾多の民族の盛衰を目撃してきた。

ペネイオス河下流

水の精ニンフたちが住んでいる沼湖

ペネイオス　葦(よし)の群れよ、囁きそよげ！
葦の葉よ、そっと息づけ
柳の木立よ、そよがせよ、その葉を
震えるポプラの小枝よ、ひめやかに語れ
断たれた夢路のありかはどこに！——
何か不吉なものの気配がして
辺り一面に不意に起こった振動*で
穏やかに憩う波から俺は呼び覚まされた。

ファウスト　（河の流れに近づき）
やはり聞き違えではないようだ。
絡み合う枝や丈高き草、
繁り連なる葉陰から、
何やら人の声が聞こえてくる。
波さえもおしゃべりに聞こえ

不意に起こった振動
地震の予感を表す。

そよ風さえ笑い声に思えるくらいだ。

ニンフたち　（ファウストへ）
お勧めするままに
どうか身を横たえ
涼気の元で
手足を休め
常には得難き思いに
安らかな眠りにおち
さやめきとせせらぎは
起こさぬよう　なべて君がため。

ファウスト　目覚めているんだ！　おお
俺の前にある、比類ない美よ、
今この眼前から消えずにいてくれ。
なんという不思議な気分なのだろう。
これは夢なのか？*　かつての思い出か？
すでに一度*大きな幸福に巡り合った
涼しげにひっそり流れていく水
こんもり茂った木立の中はひっそりとし

これは夢なのか？
白鳥に化けたゼウスにレダが言い寄られる夢の場面が、河の中にいるファウストに幻影として蘇る。

すでに一度
すでに「実験室」でもヘレナの夢を見ていた。

せせらぎの音はなく、水面のきらめきもない
四方から集まる泉が清らかに合流し、
澄んで輝く水面を集め
さらに水浴にふさわしい淵ができる。
そこで健やかな女たちの肢体は、
水面の鏡に二重に映り、
なんとこの眼を和ませてくれることか！
仲良く楽しそうに浴び、
元気よく泳ぐ者、おそるおそる川を渡る者。
そのあとは嬌声の中で起こる水のかけあい。
この眺めに眼は釘付けとなるのだが
心はどうしてもその先へ進もうとして
緑の茂みの奥に向かってしまう。
そこに高貴なる女王が隠れているから。

どうしたのだ！　見えない対岸の入り江から
白鳥たちがこちらに向かってきた。
堂々として静かに
水上を滑らかに連れだって、
誇り高く自信をもって進んでくる。

頭と嘴を高く掲げて――
だがその中に他の前に出て
一羽だけが裕然と胸を張っている。
先頭にふさわしい、という表情なのか。
自らが波の中で翼を拡げ、素早く他を追い抜き
あの神聖な場所を目指し進んでゆく――
そして他の白鳥は静かな光に羽を輝かし、
いつもの激しい声で泳ぎ廻り、争い合うが、
臆病な少女たちの注意をそらすのに気をとられ
女王を護ることなどもう眼中にない。

ニンフたち

この緑の岸にそっと耳を向け
姉妹たちよ　聞いてください。
耳元に手を当てれば
蹄の音が聞こえませんか。
一体誰なのか　祭りの夜なのに
急な知らせを　伝えに来るのは。

ファウスト　駆ける蹄の音は、

まるで大地が鳴動するようだ。
その一点に引き付けられる私の眼！
向こうから訪れた素晴らしい運命、
叶った願い？
なんという奇蹟！
みるみる近づいてくる、
知っているゆえに見間違うはずもない
勇気と覇気に優れた人。
眩いほど上手に白馬を操る男――
フィリュラ* の名高い息子！　ケイロン先生！
どうかお待ち下さい！　尋ねたいことが――

ケイロン　なんだ？　どうしたというのだ？
ファウスト　ゆっくり走らせてほしいのです！
ケイロン　今はもう休むわけにはいかぬ！
ファウスト　では！　ご一緒させて下さい！

フィリュラ
ケイロンはタイタン族の王クロノスとニンフのフィリュラの子である。

ケイロン　乗れ！　さあこれなら何でも聞けるわい。
どこへ行くつもりだ？　河岸に立っていたが、
河を越えたいというなら造作もないが。

ファウスト　（ケイロンの背にまたがり）
あなたに従います。このご恩は一生——
教育者として一流で、偉大なお方
アルゴ船に乗った勇士たち*を鼓舞し、
英雄の一族を教え導くことで名を馳せ
詩人の世界にも貢献なさったお方だ。

ケイロン　そんなことはどうでもいい！
知恵の女神アテナさえ*教えることは苦手だった。
弟子達は何の教えも受けなかったかの如く
最期は自分の流儀でやっていくものだ。

ファウスト　すべての植物の名と根菜の薬効を究め、
病ある者には快方を、苦痛ある者には痛みを鎮め
医の先達になった。そんな知識と勇気を持つ方に、
今こうして抱きつけるとは！

アルゴ船に乗った勇士たち
英雄イアーソンに率いられアルゴ号に乗船した古代ギリシャの英雄たち。互いに助け合い、金の羊の皮を求めて大洋を遠征した。

知恵の女神アテナさえ
アテナは任されたオデッセウスの息子、テレコマスへの教育がうまくいかなかった。ローマ神話のミネルヴァと同一視される。

ケイロン　傍らの傷を負った勇士を
助力を惜しまず助けはした
だが薬根治療の術も、巫女もどきや坊主どもに
その一部始終を委ねてしまった。

ファウスト　そんなあなたこそ偉大な方です
どんな賛辞も受けつけようとなさらない。
この程度の者ならどこにもいる、と
自らを謙遜される方だから。

ケイロン　そのもちあげ方、君はお世辞が上手だね。
それならきっと君主にも民衆にも受けがいいだろう。

ファウスト　でも、これだけはお認めになるはず
生涯において数多の偉人に接し、
その崇高な生き方から学び、努め、身をかけた。
その日々を
神のように誠実に過ごしてこられた方――
それならご存じの英雄たちの中で、

誰の名を一番先に挙げるのでしょうか？

ケイロン　アルゴ船に乗り組んだ者は誰もみな勇敢で、
何かに長けていれば、それを他の者への助けとする。
お互いがそれぞれの力を認め合ってな。
若さと美貌なら言わずと知れたゼウスの双子の息子
カストルとポリュデウケスの右に出る者はいない。
即断即決、仲間に尽くすことでは
翼をもつ北風の神、ボレアスの息子達にはかなわない。
思いやりと強さと信頼感、知識の豊かさにおいて
隊長のイアーソンは女どもに人気があった。
寡黙で思慮深い名だたる琴の名手
オルフェウスも欠かせない。
岩や浅瀬を避け、目的地へと巧みに船を操る
リュンケウス*は炯眼の男――
つまり難題を克服できたのは
各人を他の者が讃え合い励ましあい
皆で力を合わせたからこそなのだ。

ファウスト　ヘラクレス*について何もおっしゃらない？

リュンケウス
視力が鋭く舵手を任された。

ヘラクレス
英雄の中の英雄。

ケイロン　いや！　その名を口にすると――
憧れの思いが溢れてくるではないか
私は太陽神アポロンだけでなく、
軍神アレスや冥府への使者ヘルメス*も知りはせぬ。
だがヘラクレスはこの目ではっきり見たのだ。

誰もが神と称え生まれながら王の風格を備え、
若い頃から人望があり、
兄にも気持ちよく従い、
美女たちにも優しい性格だった。

大地の女神ガイアもあれほどの男をもう産めないし、
青春の女神へーべも天上へ受け入れはしないだろう。
どんな詩句でもその全体を語り尽くせないし、
石と鑿を使った立像でも表現しきれまい。

ファウスト　彫刻家がヘラクレス像を自慢気に語っても、
あなたの思いほどには創れていないのですね。
最高の男について伺ったのですから、

軍神アレス……アレス・ヘルメスどちらもオリンポス十二神の一人。

今度は比類なき美女についてですが！

ケイロン　なに！　美女について――

美しさ自体に、さほどの驚きがあるのだろうか

取り澄ました人形のようであるならば、だが。

朗らかに楽しく動いてこそ褒めるに値する。

動きのない美しさは自己満足につながるから。

魅了されるのは生き生きした動きの中の美*なのだ。

わしが背中に乗せてやったヘレナがそうだった。

ファウスト　あなたはヘレナを乗せて？

ケイロン　そうだ、この背にな。

ファウスト　それを聞いて頭がさらに混乱する。

ヘレナが座った背に今私がいる、この幸せ！

ケイロン　わしのたてがみを掴んで乗っていた。

いまの君のように。

生き生きした動きの中の美　人を魅了するのは動きの中の美、これはシラーに拠る考えでゲーテもその考えに同意していた。

ファウスト　どうか！　今一度その時の様子を？
私にはかけがえのないヘレナに関して！
どこから？　どこまで？　一緒だったのか？

ケイロン　そんなことは造作もない。
ヘレナの双子の兄弟が
可愛い妹を敵から奪い返した後、
これまで戦で敗れたことがない略奪者どもは、
諦めるどころか満身創痍でどこまでも追ってきた
追われた先で足止めをくらったのは、
エロイジスの湿原だった。兄弟は歩いて渡り、
わしは水しぶきの中、ヘレナを乗せ対岸へ。
着いたとき、濡れたたてがみを撫でながら、
そつなく愛らしく礼を言ってくれた。
礼節と気品がある、魅力のある少女だった！
この老いぼれも楽しくさせてもらった！

ファウスト　たった七歳になる[*]やならずで！……

ケイロン　それは数字のあやというか、

たった七歳になる　七歳、十歳、十三歳へレナの年齢には諸説あるが、父ゼウスは神であり人間の基準ではとらえられない。

君も学者も文献上の証を過信しているのだ。
神話の女たちは、また格別の趣を与える。
大人にもならず歳もそのままなのは
詩人どもが都合よく書き残した故なのだ。
千年経とうと気を引かせる姿形は変わらない、
幼い時に誘拐され、年を経ても口説かれる。
つまり詩句でなら、都合よく表現できるのさ。

ファウスト　それならヘレナも、若いままのはず！
アキレスが*冥府の出口で出会ったときも、
時を超越して若いままだった。
それにしても、二度とない幸運だ！
この私も恋い焦がれ一途に思い
偉大にして優しく、高貴にして艶めかしい女
神々に等しく永遠の存在である人を
もし眼の前にしたら！
昔あなたは背に乗せたというが、私は今日見たのです。*
壮麗なその美しさ故、恋い慕わずにいられない。
もうヘレナなしでは生きられない。
添い遂げられないなら死んでもいい、

アキレスが…
アキレスはトロイ戦争のときのギリシャ軍の英雄。母親は息子を不死にするため赤ちゃんのとき冥府の川に浸したが、掴んでいた踵（かかと）だけは残ってしまった。その踵（アキレス腱）を敵将パリスに矢で射られて死んだ。

私は今日見たのです
ほんの少し前、夢の中でファウストはヘレナに会っていた。

そんな思いなのです。

ケイロン　私にすれば見知らぬ君は異形の者だ！
人間だから夢中になれるのもしれんが。
霊の世界から見れば、とても正気とは思えん。
ところで、都合よく巡り合わせたものだ
アスクレピオス氏の娘マントー*のところへ
わしは毎年立ち寄るのだが、今日がその日なのだ。
あの娘は父親に対する誉れを密かに祈っている。
医術の本意を喧伝し、
向こう見ずな患者への対応を止めさせようとする。
巫女の中で、わしは一番あの娘が心に叶う。
顔をしかめても大声は出さず、
善意溢れる控えめな物腰で対応する。
少しの間でもマントーに会ってみたらいい！
君の恋への思いも薬草で癒してもらえるはずだ。

ファウスト　癒してもらえる、ですって。
そんなことをしたら私の精神は
また俗人の平凡さに戻ってしまう。

娘マントー
医術・医薬を専門とするアスクレピオスの娘。予言の力を有しアポロンに仕える巫女。

ケイロン　尊い泉から湧く霊験を粗末にしてはならぬ！
さあ着いた！　直ぐに降りたまえ。

ファウスト　恐ろしい夜に砂利だらけの川を駆け抜け、
さて！　いったいここはどこですか？

ケイロン　ここはローマとギリシャが戦った地だ
右手にペネイオス河が流れ、
左手にオリンポス山が聳える。
栄華を誇っていたアレクサンドロスの国も滅び去った。
国王は逃げ去り、市民が勝利を収めた地だが。
見てみたまえ！　思いがけぬ近さで
月光を浴びているのはアポロンの神殿だ。

マントー　（神殿の中で夢見る風に）
神聖なる階段に
鳴り渡る蹄の音
そこに来給う半神たち

ケイロン　その通りだ！
　目をしっかり開けてくれ！
マントー　（目覚めて）
　お久しぶりです！　来られると思っていました。
ケイロン　お前が住んでいる神殿はいつものままだ！
マントー　相変わらず、元気に駆け廻っておられる？
ケイロン　お前が静かにひっそり暮らす想いは
　このわしの騎乗の楽しみと同じなのだ。
マントー　時の方が私の周りを勝手に巡っていきます。
　ところで、このお方はどなたですか？
ケイロン　　胡散臭い夜祭があり、
　その騒動の渦中、ここまで連れてきた。
　ヘレナに恋焦がれ、なんとしても会いたいという。
　だが何をどうしたらいいか解らないというなら

アスクレピオスの治癒力に頼るしかない。

マントー　不可能と思えても
挑もうとする人こそ私には好ましい。
（ケイロンはすでに遠方へ）

マントー　お入り下さい、大胆不敵なお方、よくぞここまで！
この暗い行路はオリンポス山麓の底へ下る道で、
冥府の女王、ベルセフォネの所へ通じています。
禁じられた挨拶を彼女は待っているのです。
かつてここから、亡き妻を探す
オルフェウスも潜り込ませました。
あの方のような失敗はせぬように＊
気を引き締め！　勇気を出して！
（二人、地底に降りていく）

失敗はせぬように
オルフェウスは亡妻エウリディーチェを地下の冥府から連れ戻すとき、あと少しのところで失敗した。

再びペネイオス河上流

セイレーンたち
ペネイオス河に飛び込もう！
楽しく水音高く泳ぎながら、
不幸を背負った地上の者を元気づけ、
たくさんの歌声を聞かせてあげよう。
水のないところに健やかな幸せはない！
みなで集まり、にぎやかに過ごそう
先を急ごう　エゲウスの海には、
さまざまな楽しみが待っているから。

（地震が起こる）

セイレーンたち　寄せては返す波だったが、
もう川床を流れていない。
川底は隆起し水はせき止められ、
川原と岸辺の砂利も土煙を上げている。
逃げよう！　さあみんなで早く、さあ！

この天地の変異が誰の役に立つというのか。

さあどうぞ！　陽気で高貴なお客様
楽しい海の祭りへようこそ、
さざ波が揺れ渚を濡らしてくれる
岸辺を浸す音もない波。
月が空、水面のどちらも照らしてくれる
海には自由な生き方があり、
地上には末恐ろしい大地の震えがある。
それが分かる賢いかたなら、さあ急いで！
こんな怖い所にはいられません。

ザイスモス＊（**地震の神**）（地底からやかましい音をだし）
さあもう一度、力いっぱい押し上げよう、
双肩からぐいっと持ち上げよう！
そうすりゃ地上へ出られるぜ、
俺達の所作からは、誰もが逃げずにいられない。

スフィンクスたち　この激震はいったい何なの
いやらしい不気味な気配がする！

ザイスモス
ギリシャ語で「地震」を意味する。

ゆらゆら揺れて突き上げられ
大地が大きく動いている！
なんて耐えがたい不機嫌な気分！
でもね、地獄がのさばりでてこようと
この場所からどいてなんかやるものか。

あら、不思議な円天井がせり上がってきた。
白髪の変な老人もいる、あの人だ。
いつか陣痛で苦しんでいた女*が休めるよう、
海底を持ち上げデロス島を造ってくれた方だ。
そのいっぽうであの人は背を曲げ、
一心に力をため腕を突いて振りまくり、
天地を支えるアトラスの格好で
荒地でも草原でも押し上げて、
砂利や砂、それに粘土を岸辺に撒き積んで
なだらかな谷の表面をむんずと斜めに裂き、
力いっぱい働いて疲れることさえ知らない
まるで巨大な女神像の柱みたいだ
地中の大きな岩を胸の高さまで迫り上げて。
でもこれ以上は何もさせせません。

陣痛で苦しんでいた女が……　ゼウスには幾人も夫人や愛人がいた。その一人レトがアポロンとアルテミスを出産しようとするとき、ヘラ夫人から邪魔され困っていた。すると海神ポセイドンが現れデロス島を造ってくれて、そこで無事出産できた。ポセイドンには「天地を揺さぶる者」の意があり、ゲーテはザイスモスと同一視しているようだ。

私たちスフィンクスが座している限りは。

ザイスモス　この俺がひとりで動かしたことを、
世間は認めざるを得ないはずだ。
もし俺が揺すったり突き上げたりしなければ、
世界はこんなに美しくなっていないぜ？
もし地底から持ち上げできた山々がなければ、
蒼穹に拡がる絵のような眺めもないはずだ？
この俺が、闇とか混沌とか
大昔の先祖たちを相手に大立ち回りし、
巨人族とは球投げでもするように、
ペリオン山やオッサ山を投げ合った。
若さゆえ縦横無尽に暴れ、それに飽きると、
二つの山をパルナッソス山*に重ねて、
乱暴にも双子の山にしてしまった——
だから今もアポロンはあの山頂で美の女神
ミューザの歌声を響かせ楽しく暮らせるんだ。
雷神ゼウスの放つ稲妻の矢を支えようと
オリンポス山*を椅子代りに押し上げた。
だからこうして地底から這いあがり、

パルナッソス山
ギリシャ中部、アポロンや美の女神ミューザたちの御座所。

オリンポス山
ギリシャの北、テッサリア地方にある最高峰の山々、ゼウスや神々の御座所。

新しい土地での新しい生活を目指せ、と
大声で陽気な民たちに呼びかけるわけだ。

スフィンクスたち　地面が盛り上がったこと、
それをつぶさに見ていなければ
古代に大地が隆起してできた山だなんて
誰も信ぜずにはいられない。
どこまでも藪に覆われた森林が山裾に拡がり
岩また岩が積まれこちらに押し寄せてくる。
そんな事で我らスフィンクスはびくともしない。
この聖なる座を侵させるものですか。

グライフたち　薄くても黄金、箔でも黄金だ
　地の裂け目からチラチラ光っているぞ。
なんとしてもこの宝は俺たちが守る。
さあ蟻ども！　早く掘り進めろ。

蟻たちの合唱　巨人たちが
　押し上げ作った山だから
　俺たちもせかせか歩みで

急いで登ろう！
すばしっこく立ち回ろう！
裂け目に光るものは
どんなものでも値打もの
急いで探し
どんなに小粒でも
見逃さず
隅々掘りつくし
見つけ出したらこちらのもんさ
精を惜しまず
ちょこまか皆で蠢めいて
狙うは金だけ、それでよし！
探し終えれば退散さ

グライフたち　こっちだ！こっちだ！　金を積め！
この爪で守ってやるぜ、お前らを。
こんな用心棒は他にいないぜ。
誰にも渡さぬ、どんな宝も。

小人族ピュグマイオイ[*]ども

陣地を張ってここにいる
どうしてなのか、俺たちは
どこから来たのか、俺たちは
とにかく、こうして俺たちは！
どんな場所でも楽しく生きて
どんな国でも一つにまとまる
岩の裂け目があればすぐ
我ら小人はすぐ励む。
手に手をとって
働き者の小人夫婦こそ
まさにつがいのお手本だ。
エデンの園もそうだったのか
それはどうだかわからない。
ともあれこれで大満足。
星の巡りを讃えて感謝。
東にいようが、西にいようが
母なる大地で産み殖やす。

親指族　一晩でおっかさんがね

小人族ピュグマイオイ　総大将の命令で青サギを襲い全滅させると、こんどは鶴が復讐のため、鳥仲間を集めて小人族をみな殺しにしてしまう。小人族は世界の南の果てに住んでいるとされ、ゲーテは金掘り役にしている。

小人族を産み落とした後
更に小さい我々を生んでね
小人族とは似合いの相棒さ。

小人族の長老

急ぎつつ静かに
良い場所を見つけろ！
すぐ仕事にかかれ。
強さもいいが速さだ！
今は平和といえるが
有事のため、鍛冶場が要るのさ
甲冑や武具を作り
軍勢の強化だ。

お前ら蟻どもよ
動き廻って精を出し
鉱石掘り出し持ってこい！
親指族はちびではあるが
うようよ多い
命じたとおりに

薪を積め
火をつけろ！
蒸し焼きにして
我らのため炭を作るんだ！

小人族の総大将

弓矢を携え
いざ出陣だ！
あの沼のほとりの
群れをなす青サギどもを
羽を拡げた高慢な奴らを
撃ち落とせ
一羽も残さず
一気呵成に！
手柄の羽根を兜に飾り
晴れて皆でお祝いだ。

蟻族と親指族

誰か助けてくれ！
俺たちがこさえた鉄で

奴らは鎖を作る。
だが逃げ出すにはまだ早い。
だから暫くは
　大人しく暮らしていよう。

イビュコスの鶴たち*

殺される悲鳴と断末魔の呻き
怯え逃げる羽ばたきの音
なんという喘ぎ、恐ろしい呻き声が
この高い空まで聞こえてくる！
青サギが殺され
湖は血で真っ赤に染まる。
醜い欲望の塊と化した亡者どもに
気品ある羽根が毟りとられ
でぶで短足
悪者どもの兜を揺らしている。
だから諸君に呼びかける。
列を成し海に渡る仲間たちに告ぐ。
復讐を誓おう
鳥仲間が被ったこの惨状に

イビュコスの鶴たち 吟遊詩人イビュコスが旅の途上で殺されたとき、上空から目撃していた鶴たちが騒ぎ、犯人逮捕を手助けしたという。

我々鳥一族で力と血を惜しまず戦おう。
奴らを永遠の敵とせよ！
（鋭く鳴きつつ飛び去る）

メフィスト　（平地に立ち）
北方の魔女なら仕切れるこの俺だが、
見知らぬ土地の妖怪はどうもしっくりいかぬわ。
ブロッケン山ならどこにいても居心地よく
イルゼおばさん*は岩山で見張ってくれるし
ハインリッヒも奴の住む高い丘で元気に暮らし
エーレント村のいびき岩さえ、いまだに
ひゅうひゅうと息を吹きかけてくれる
千年経っても何も変わらぬままだ。
ところがここギリシャはいつ何が起こり、
足元が隆起するかさえわからぬ地だ。
さっきも沢や谷間をのんきに歩いていると
後ろで突然山が噴き上がった。
山というには高さもないが、
おいらとスフィンクスを隔てるには充分だ。
ほら、谷の方でまた火がちらついている。

イルゼおばさん
イルゼおばさん、ハインリッヒ、エーレント、いびき岩は、北ドイツハルツ地方ブロッケン山付近の実在する地名。
コロナ渦前までは毎年5月1日の前後頃より古代ゲルマンの祭りがふもとの村で催されていた。

何か奇妙な姿を照らしているようだ――
こっちじゃ色気のある連中が組んで
抜け目なくおびき寄せふわふわ踊っている。
目の前の俺を騙す素振りで
さあ、俺の出番が来たか!
つまみ食いならお手の物。
どんな女だって構うもんか、
一匹見つけてみるとするさ。

ラミアたち* (メフィストを誘いながら)
早く、もっと早く!
もっと先へ行きなされ!
それからまた立ち止まり、
おしゃべりしてやるのさ。
無上の楽しみだね
あの名うての老いぼれ悪魔を
尻にひいておびき出し
ひと泡吹かせるのは。
硬直した片脚で
よろめきつまずき*

ラミアたち
古代ギリシャ神話の吸血鬼。白い胸をチラつかせ若い男をかどわかす妖女。

よろめきつまずき
メフィストの片方は馬脚で、きちんと歩けない。

こっちが逃げれば
えっちらおっちら
足を引きずり追ってくる。

メフィスト　（じっと立ち止まる）
やれやれ！　ひどい目に遭わされた！
アダムこの方馬鹿な男は騙され続きだ！
歳をとっても利口には程遠いって？
何故ちっとも懲りないのかって！

ひもで腰を細く見せ、顔は塗りたくり、
あいつらが見せかけなのは先刻承知。
どう考えても豊満な肉体など無理なこと。
どこを掴んでも腐ってぷにょぷにょだ。
だがそんな女が吹く笛にあわせ、
ついつい踊ってしまうこの俺の情けなさ！

ラミアたち　（立ち止まる）
待ちな！　突立って何か考え込んでいる。
逃げようとしても逃がすものか！

メフィスト　（歩き出す）
どんと行こう！　なるようになるさ。
迷っていては何も始まらない。
この世に魔女がいなけりゃ、
魔男に生き甲斐もないとしたもんだ！

ラミアたち　（艶めかしく）
こ奴の周りを皆で囲み踊りの輪を作ろう。
愛の一つも芽生えさせれば
お気に召すのが見つかるように。

メフィスト　おぼろな光の中だからか
お姐さん方はみんなきれいに見えるな。
それなら悪口も思い浮かばない。

エムプーゼ*　（割り込む）
入れておくれ、このあたしも！
お仲間にさせておくれよ。

エムプーゼ
二本の脚は青銅製とロバ。蛇でも美女でも、今回のロバの頭にでも自由に変身できる。古代ギリシャの妖女。

ラミアたち　困ったわね、いつも出しゃばる。
　この方、みんなの楽しみ踏みにじる。

エムプーゼ　（メフィストに）
　私はいとこのエムプーゼ、ご機嫌いかが。
　ロバの脚もつこの私、お馴染みさんです。
　あなたの片足、私と違い馬の脚。
　でも親戚の従兄さん、よろしくね！

メフィスト　この地に知合いはいないはずだが、
　あいにく親類がいたとは、こりゃたまげた。
　家系をずっと辿ってみれば、
　ハルツ山からギリシャまで親類ばかりだなあ！

エムプーゼ　あたしは即断即決の性格です。
　特技は変装変身、ご存じないの従兄さん。
　だから今夜は敬意を示し
　そら、ロバの頭にしてきました。

メフィスト　なるほど、この連中には、親戚ゆえの血筋が大切ということらしい。
しかし何がどうあろうとも、
ロバの頭だけは御勘弁願いたいが。

ラミアたち　あんな女に構わないで。
自分にない可愛さにはケチをつけ追い払う。
自分よりきれいで可愛いと思えば、
あいつが追い出し　みんなも居なくなる！

メフィスト　しかし姐さん達も
そこそこ細身で優しそうだが
さてバラ色の頬の下には
どんな怪しげな本性が潜んでいるやら。

ラミアたち　試してみればいいのでは！
こうしてこんなに揃ってるから、
運があれば一番上玉に当たるとしたもの。
欲しいくせに、くどくど言っても仕方ない？
偉そうにしてるけど、惨めな女ったらしだ！
誇り高くもっと胸をはって口説くことも――

おや、いよいよ輪に近寄ってきた。
そろそろ仮面を外し、
こちらの正体を見せてやりましょう、

メフィスト　一番の美女をつかまえたが…
（抱きつく）
痛い！　何だ干からびたほうきだ！
（別のにも）
こいつはどうだ？…　なんという顔だ！

ラミアたち　もっとましな娘を、ですって？
自分の顔を棚に上げて。

メフィスト　小柄な娘を抱きしめたと思ったら――
手からするりと抜けてトカゲじゃないか！
編んだおさげ髪は、ぬめって蛇のようだ！
それなら、のっぽの女にするか――
と思って掴んでみれば
なんだ、ディオニュソス祭*で使う杖だ
握りが松ぼっくりで出来ている！

デュオニソス祭
継母ヘラからの迫害を逃れ小アジアからエジプトまで旅したデュオニソスはぶどうの栽培を学び、また酒づくりを学びはじめる。その後ギリシャに戻るが、ぶどう酒は心の解放を超えて、女性による狂乱の宴に通じていった。それ故、酒の神デュオニソス信仰は施政者から嫌われ迫害も受けた。
酒と陶酔の神、ギリシャ後期・ヘラニズム世界最大の外来神。

今度はどうだ?…　むっちりした娘もいいな。
これならきっとあたりに違いない。
これが最後だぞ!　思い切っていこう!
たいそうぽっちゃりしているから、
東洋の娘なら値打ちものかも――
ありゃ!　埃たけ*だったのか!
二つに割れてはじけた!

ラミアたち　さあ、二手に分かれて
稲妻の動きで上から囲もう。
飛び入りで来た魔女の倅の周りを!
音を立てずふわふわと不気味な輪を作り!
羽を拡げるお化け蝙蝠の群れのごとく!
あ、そくそくと逃げていく、この男。

メフィスト　(身震いしつつ)
この俺が仕切れるのもこの程度なのか。
北の地もここでも条理は通らず、
妖怪は厄介でへそ曲がりだ
この地の大衆も詩人もいけ好かない。

埃たけ
日本名キツネノチャブクロ。ドイツ中世の民間伝承では、夜、魔女たちが集まった場所に生えるという、もろく割れやすく、「悪魔の屁」の異名をもつ。

ここで催される仮装大会は官能舞踏会だ。
可愛らしいと思えばその仮面の下は、
ぞっとする化物まがいで――
もう少し正体を知らずに騙されていれば
俺だってその方が良かったんだが。
(石ころだらけの道に迷いながら)
ここはどこだ？　この先はどこへ続く？
さっきまで砂利だが今度は石ころ道か。
平らな道のつもりが、ごろごろと瓦礫ばかり。
無駄に登ったり下りたり、この先どうなるのか。
あのスフィンクスどもにまた会えるかな？
この俺もこれほどとは思わなかった。
一夜にしてこんな山をこさえるなんて！
これこそ魔女の繰り出す奇行というものか！
まるでブロッケン山を運んできた如くだ。

オレアス(山の精)　　　(元からある岩の上)
さあ、ここまで登ってらっしゃい！
この山の険しい岩場こそ
昔ながらの姿でずっと屹立している

この岩はテッサリアの野に近い
ピンドス山脈の最も突先です。
ポンペイウスがこの山越えで敗走した時、
私はここにじっとしていました。
脇にできた新たな虚妄の像など、
鶏の啼く朝になれば消えてなくなる。
おとぎ話にも、語り終えたその瞬間に
忽然と消えてなくなる例が間々あるものだ。

メフィスト山の親分に敬意を表そう、
威厳に満ちた頂に！
天高く繁茂する樫の樹は葉に覆われて、
煌々と射す月明りも
森の中へは差し込めまい——
しかしその藪の脇を、
控えめながら燃える光が一筋流れていく。
あれはなんだ！　なんという巡り合わせ！
お前はホムンクルスじゃないか！
どこからやってきたんだ、おい小僧？

ホムンクルス　あちこち出かけています。
この旅の目的は、本当の生命体の成就*です。
一刻も早く、ガラスを壊し外へ出たいが、
しかしこれまで漂って得た見聞では
どの世界へも入っていく気になれません。
そう、あなただから言ってもいいが、
私は二人の哲学者*を追っかけています。
その言葉に耳を傾けると、いつもさかんに
「自然！　自然！」と論じています。
この二人は、世間のことは何でも心得ていて
これからも離れずに一緒にいたいです。
なぜなら学びとることができる二人だから
私がどこに向かうか判るだろうと思います。

メフィスト　それなら自分の考えに立つ方がいい。
というのも、幽霊がのさばる所では、
哲学者も頼られる立場だ。
世間がその手腕を崇め始めると、
今度は哲学者の方が
自前で一ダースの幽霊を*作ろうとする。

本当の生命体の成就
肉体を得て人として完成したい、というホムンクルスの希求。

二人の哲学者
火成論者のアナクサゴラスと水成論者のターレス。

一ダースの幽霊を
自分達の立場を守るため、新しい学説を哲学者自らが作るというのだ。

人は迷いがあってこそ分別を持とうとする！
自らの成就を目指すなら、独力に越したことはない！
ホムンクルス　有意義な助言は、
何を差し置いても退ける理由がありません。
メフィスト　じゃあ思ったとおりやってみたら！
では今後が楽しみだな。（両者別れる）
アナクサゴラス　（ターレスに）
君の頑固一徹には頭が下がる程だ。
これだけ言っても分からんのかね？
ターレス　波は風しだいでどのようにも上下し
しかも険しい岩を避けて通れるのだ。
アナクサゴラス　その岩も火炎の力で生まれてきた。
ターレス　生物は湿った地から生まれてきた。

ホムンクルス （両者の間に入り）
　ご拝聴してもよろしいですか。実はこの私、
　ひとかどの完成を目指しています！

アナクサゴラス　ターレスよ、それなら
　一夜のうちに泥から山を創ってみたまえ？

ターレス　それは違う、自然の生きた営みは、
　一日や一晩という時間には左右されない。
　自然の理は何事も順を追って創り上げられる
　どんな大きな創造も力づくには進められない。

アナクサゴラス　ところが今度は当てはまらない！
　プルートの猛火やアイオロスが仕込んだ蒸気の圧が
　古い地層を力で突き破り、
　突如として新しい山を作り上げた。

ターレス　だが、それだけのことではないのか？
　山はできたが、それでどうしたというのだ。
　こんな言い争いは無駄に時間を使うばかり。

辛抱強く耐えている民に
何らの力にもなりえないではないか。

アナクサゴラス　すると山には
蟻族より派生した者が[*]忽然と現れ
岩の割れ目にうようよ居ついてしまった。
小人族に蟻族、親指族など
ちょこまか動く連中だ。

（ホムンクルスに対し）
大きな志を目指すのではなく、
隠居みたいに狭い瓶で暮らしているが
もし権力を持ちこいつらを統治したいなら、
お前を連中の王にさせてやってもいいぞ。

ホムンクルス　ターレス先生、どうしたら？

ターレス　よしたほうがいい、
小人物が相手なら小さなことしかできない理屈。
大人物と付き合えば小人物でも成長できるのだ。
よく見ておくがいい！　あの黒い鶴の集団を！

蟻族より派生した者が　ミルミドン族のこと、アナクサゴラスは生物を生み育てることなど火でもできると、言いたい。

訳もなく仲間を殺されて、小人族を脅している。
その小人族の王になってみろ、
鋭いくちばしに尖った爪で君も攻撃される側だ。
集団は小人族目がけて舞い降り、
稲妻は走り、漂うのはただならぬ気配だ！
これまで静かだった平和な沼地に群がり、
皆殺しにされた仲間を弔う血の報復が始まる。
だがこれでもかと降り注いだ小人族の矢が、
さらなる血みどろの復讐へと煽り立て、
大きな怒りを起こさせるには十分だ。
もうちょこまか共の血を見なければ収拾がつかぬ。
こうなっては楯や槍、兜も何の役に立つのか？
あの兜飾りの輝きが奴らを救うとでも？
親指族も蟻族も右往左往し、
動転した奴らの軍隊はてんでんばらばら、
敗走し全滅するまで、もはや時間の問題だ。

アナクサゴラス　（沈黙の後、改まって）
地下の世界を称えてきた私だが
今回は神に乞わねばならないようだ——

神よ！　不死にして天上にあり、
三つの名と三つの姿を持つお方。
地上では処女神ディアナとして
天上では月の神ルナとして
夜は霊界をまとめるヘカテとして！
民の悲運に際し御身に頼らざるを得ないのです。
人心を広く照らし自らも深く思慮する者よ、
御身、静かに光り輝き内に志を燃やす者よ、
暗き影の不気味な深淵を開き
魔法に拠らずとも古き技量で具現し給え！
　　（間合い）

願いはすでに叶えられたのか！
天上の高みに
この切なる願いが届き
自然の秩序を乱してしまったか？

どんどん恐ろしく巨大になり
近づいてくる月の女神の丸い玉座
薄暗い中から、不気味な赤く染まった光が…＊

不気味な赤く染まった光が
アナクサゴラスが月に祈ると大きな隕石が落ちてくる。これを月と間違えている。

でも、これ以上近寄ってくれるな！
恐ろしい我らを脅かす円盤よ！
陸も海も人々も破滅させる気なのか！

それならあれは本当のことだったのか？
テッサリアの魔女が乱暴な魔法を使い、
呪文にのせて月を軌道から追い出し
この世へ災難を振りまくよう命じたのは？……
仄暗く光り輝く円盤の周囲が暗くなり
閃光とともに突然割れ火花が散る！
なんという響き！　なんという爆発音！
雷のさなか突風が吹きすさぶ！
もう、そなたの玉座の階段に
ひれ伏し願う他はない！
許してほしい！　この災いが私のせいなら。
（地面にひれ伏す）

ターレス　この男は何故あれこれ知っているのだ！
何がどうなったのか私には全く分からない。
正直なところこの男の言い分に何も感じない。

何やら今は人を惑わせる時刻なのだろうか。
だが月の女神は何もなかったように
ああしてゆったり座しているではないか。

ホムンクルス　小人族たちが
陣取っていた辺りを見てください！
丸い形だった頂上*がすっかり尖っている。
このものすごい衝撃はなんでしょう、
月から岩の塊が落っこちてきたようだ。
隕石が敵味方の別なく、全てを押しつぶしたのか。
一夜で仕出かしたその剛腕ぶりには恐れ入る。
上から下から揺らし山を造り変えてしまった。

ターレス　騒ぐこともない！　すべては幻の産物だ。
醜い小人族の血筋は滅び去るということだ！
お前はあの一族の王などにならなくてよかった。
さあ、晴れやかな海の祭りへ出かけよう。
異形の珍客は礼節をもって歓待されるから。
（両者退く）

丸い形だった頂上が　隕石が落ちて一夜のうちに丸い山頂がとがってしまった。

メフィスト　（岩場の反対側からよじ登ってくる）
やれやれ、なんと険しい岩場なのか。
古い樫どもが根を張っている！
故郷のハルツ山なら、どの樹を嗅いでも
タールと松脂、硫黄の臭いも混じり
いい気持ちなんだが…
このギリシャの地では臭う気配もない、
それなら地獄のお仕置きの炎には
いったい何を使っているのだろうか。

ドリュアス（**樹の精**）
勝手知ったお国ならともかく、
そう異国ではうまくはいかないものよ。
お国の懐かしさに浸るのもいいけど、
樫の森にも威厳を感じてほしいわ。

メフィスト　失ったものに思いを馳せる時、
慣れ親しんだものに楽園の幸せが宿る
誰もがそう思いたいものだ。
馴染んだものには、愛着がひとしおだから。

だが洞窟の奥でぼんやり浮かぶ光の中
うずくまっている三重の塊は何なのだ？

ドリュアス　ポルキュアスたち*です！
思い切って怖がらず話しかけてみたら。

メフィスト　なんだと、この俺が怖がるだと！
だが一目見て、腰が抜けるほどびっくりだ。
俺もそれなりに経験を積んではきたが、
これ程まで醜いのにお目にかかったことはない。
アルラウネ*以上に奇怪な妖怪だ――
この三者一体の化け物を見た者には、
古代から人が忌み嫌う罪悪さえ醜い範疇になく、
最も恐ろしい地獄の入り口にも
これほどの異形がいたらその先に進めぬほどだ。
美の国といわれ称賛されるこの地にも
こんなものがいるのか。
おや、動き始めた、気づかれたかな。
こいつら蝙蝠もどきの女の吸血鬼か、
何やら囀（さえず）るごとくしゃべっているが！

ポルキュアスたち
永遠の暗黒に住む三姉妹の老婆。三体で一個の眼と一本の歯（口）しかもっていないので互いに貸し合う。醜悪を象徴し、グライアイともいう。

アルラウネ
日本名は曼陀羅華（まんだらげ）。人間の形をした根をもつ醜い植物。二九頁の脚注を参照。

ポルキュアスの一人　ねえ妹たち、眼を貸しておくれ、
　誰が祠の前にやってきたか確かめたいのさ。

メフィスト　やあこれは皆様！　突然のおじゃま虫です。
失礼とは存じますが、祝福を三重に拝受する
そんな思いで参りました。
さてもこうしてみなさん方に対し、
遠い親戚としてお見知りおきを乞うのです。
この私、太古の偉い女神様レアやオプスにも
既にお目通りを済ませ、丁寧に挨拶を終え、
混沌の子で、あなた方の姉妹でもある
パルカ*さん達にも昨日か、お会いしました。
皆様のような方にお目にかかったことがなく、
言葉も出ずうっとりした気持ちになっております。

ポルキュアス達　この幽霊なかなかやるじゃないの。

メフィスト　不思議にもお三方を讃える詩人もいないし
だから！　そんなことあってはならないはずだ？

レアやオプス
レアはゼウスやポセイドンの母であり、オプスも大地の女神である。二人は豊穣神として同一視されている。

パルカ
人間の寿命を操る運命の三姉妹の女神の総称。五〇頁を参照。

絵でも尊い姿を見たことがありませぬ？
石工はユノやアテナ、ヴェーヌスばかりでなく。
あなた方こそ鑿で刻み、像が造られるべきだ。

ポルキュアス達　寂しく静かな夜にひっそり暮らす、
こんな三人を像になんて、考えたこともありません！

メフィスト　いやはやごもっとも！
隠遁の暮らしで世間から遠く離れ、
誰にも会わず訪れる者もいないのだから。
豪華と芸術が同時に玉座を成し、
英雄の像が大理石で毎日刻まれていく
そんな土地に住まわれるべきだったでしょう。
つまり、そういう所でなら――。

ポルキュアス達　やめて、変な誘惑を仕組まないで！
そう思ったところで、どうなるというのですか？
夜の闇に生まれ育った一族は誰からも知られず、
ましてや自分達さえ自身が分からないのだから。

メフィスト　それなら話はいとも簡単だ。
ご自分を他の者に変えることもできるはず。
これまで眼と歯一つで上手に生きてこられた。
そこで三体を二体に合わせ、
第三の姿をこの私にお貸し願うことは
神話の上でも差し障りないのでは
どうでしょうか？ほんの少しの間なら。

ポルキュアスの一人　さて、いいのかしら？
そんなことして。みんなどう思う。

他の二人　いいんじゃないの！
でも肝心の眼と歯は貸せないわ。

メフィスト　きちんとした姿形にしたいので
眼と歯なしでは完成された顔にはなりませぬ？

ポルキュアスの一人　片方の眼をつぶり、
とがった前歯をずっと一本だけ見せておけば
そしたらあなたの横顔は本当にそっくりさん

簡単でしょ

メフィスト　それなら、そうさせていただきます！

ポルキュアス達　　　　どうぞ！

メフィスト　（ポルキュアスの横顔に）さあどうです？
混沌から生まれた息子に化けおおせましたか！

ポルキュアス達　私たちは混沌の娘、違いないわ。

メフィスト　いい恥さらしだ！
世間から蔑まれるな、男と女で双成（ふたなり）とは。*

ポルキュアス達　なんて素晴らしいの！　三人が
生まれ変わり、眼が二つ、歯も二本あるなんて。

メフィスト　誰にも見られないようにせねばな、
地獄の沼で悪魔仲間の肝を潰してやりたいから。
（退場）

男と女で双成とは……　半陰陽（ふたなり）、双成とも書く。

岩に囲まれたエーゲ海の入り江

天の頂きに不動なる月

セイレーン　（切り立った岩場に陣取り、笛を吹き歌う）

あの恐ろしい地震の夜には
失礼にもテッサリアの魔女どもが
美しきルナ様、お月様の道程を
外させたことがありました。
でも今はこうして平穏な夜空から、
波がさざめき輝くさまをご覧になり。
海面に現れる私たちを照らしてください！
身をもたげ静かに浮かぶ者たちを！
お仕えするものに深き恵みの光を、
どうか美しきお月様！

ネレウスの娘たちと海の妖怪トリトンたち＊

激しい音を高らか大海原に轟かせよう
海底にいる者を呼び覚ますまで！

ネレウスの娘たちと……ネレウスにはネレデスという50人の娘が、海神ポセイドンにはトリトンという息子たちがいる。貝殻の笛を吹き、波を鎮めるトリトンの上半身は人、下半身は魚。

恐ろしい嵐を逃れて、
なんとも静かな入り江にたどり着いた。
きれいな歌声に引き寄せられて。

ねえ！　見てのとおりなのです
私たちは楽しさに溢れ
金の鎖で体を飾り、
宝石をちりばめた冠を身に着け
他にも腕輪、飾り帯でも着飾る。
どれもセイレーン様からの頂き物です。
歌声に魅せられ沈んだ難破船の財宝を
入り江に引き上げ届けてくれたのです。

セイレーン　ご覧のとおり、爽やかな海で
何の杞憂もなく波間に浮かび
魚たちは生を享受している。
せっかくお祭りに馳せ参じたのなら！
とくと拝見したいのです
あなたたちの技量が魚たちより優ることを。

ネレウスとトリトンたち　さっき私たちも
　ここへ来る前そう思っていたのです！
　兄弟・姉妹の皆さん！
　今日、この旅のひと時で
　そんなことくらい即座に分かります。
　魚たちより賢いことなど。
（遠ざかる）

セイレーン　あっという間に消えてしまった！
　まっすぐにサモトラケ島*を目指し
　追い風に乗って瞬く間に。
　若者や娘らは気高いカベイロイの国*で
　いったい何をしようとするのか。
　なんとも変わった不可思議な神たちだ！
　絶えず自分自身を増殖しつつ
　それでいて自分が何者であるかを知らない。

　いつまでも空の高みで輝いて下さい、
　恵み深いやさしいお月様。
　いつまでもこの夜をこのままに、

サモトラケ島
エーゲ海北東部にある島、断崖のため船は漂着できない。

カベイロイの国
エーゲ海北東部に住む豊穣の神カベイロイたち。鍛冶屋を営みポロテウスの子孫がいた国とされるが、その活動はよくわかっていない。

朝日に私たちが追い払われないように。

ターレス　（岸辺でホムンクルスに対し）
お前さんをネレウスの所に赴かせ、
会わせてやるのをためらうのは、
住んでいる洞窟が遠いからではなく、
ひどく頑固で気難しい老人だからだ。
人間という名の生き物、その何をとっても
不平不満がわき、あの方には気にくわない。
しかし老海神は未来が予言できることで、
皆がそれゆえに尊敬し崇めている。
確かに人々のために尽くしてもいるから。

ホムンクルス　さあ、では行ってみますか！
いきなりガラスや生命の火まで壊さないでしょうから。

ネレウス　ふん、どこからか人間の声がするようだ？
さて聞いた途端、なんとも癪にさわる！
奴らは不死の神々になろうと頑張っているが、
いつまで経っても苦心が報われぬとは哀れな限りだ。

大昔から神々の中でのんびり暮らしている私は、
伸びしろがあるなら手を貸さずにはいられない性分だから
これまで何度も助け舟を出してやったのに、
助言など一切役に立たなかったような対応だった。

ターレス とんでもない、皆が頼りにしている海のご老人。
賢者よ、どうか追い払わないでほしい。
このフラスコの輝き、人間に似た生き物ですが、
こいつはあなたの助言に一字一句従う覚悟です。

ネレウス わしの助言だと!
そんなものが聞き入れられはしまい?
どんな立派な助言にも馬の耳になんとかだ。
失敗すれば、自らに腹を立て
またこれまでどおり自らの意を押し通す。
パリス*には異国の女にたぶらかされぬよう
不敵にも奴がギリシャの岸辺に立っているとき
親身に俺の心に浮かんだことを言ってやった。
煙は立ち昇り、大きな火の手が上がり、
家屋は燃え、地上には死体の山が連なる、と。

パリス
トロイアの王子パリスがヘレナを誘惑して船出しようとしたとき、ネレウスはトロイア滅亡を予言しパリスに伝えていた。

後に詩歌となるトロイア戦争、決断の時だ。
恐ろしい出来事として後世に伝わっている。
ところがこの年寄りの言葉を何とも思わず、
あの高慢な青年は己の情欲のまま立ち回り、
その結果トロイアの城は滅んでしまった。
悶え苦しんだのち硬直し積まれた死体の山は、
ピンドス山の鷲どもには
またとないご馳走だったという訳だ。
オデュッセウスにも
魔女キルケの巧妙さ、一つ目巨人の恐ろしさ
あいつ自身の優柔不断や、
手下どものだらしなさなどなど
いろいろ前もって言って聞かせたが、
だがそれがいったい、どんな役に立ったのか?!
結局は水上を揺られ続けた挙句、
遅れに遅れ、大波の慈悲に温かく迎えられ
静かな岸辺に何とかたどり着けたのだ。

ターレス　予言を無視され、賢者には不愉快でしょうが、
善なるお気持ちでもう一度力になってもらえませんか。

ここにいる小僧がどれほど小さくとも
受けた感謝の喜びは
これまでのあらゆる忘恩を償うには十分です。
一人前に知を得たいと願っているのです。

ネレウス　せっかく機嫌がいいのに
面倒なことを言い出したな。
実は今夜は特別な用件が待っている。
年に一度の出会いを邪魔しないでほしい。
ドリス（海の妖精）に産ませた娘たちに
皆ここへ来るように言ってあるのだ。
あれほど優美な立ち振る舞いをする女達は、
オリンポスにもお前さんの土地にも見つからぬはず。
粋な格好で海竜の背からポセイドンの海馬に
跳び移るのだが、水と相性がいいからか
泡の上に乗っていると思えるほどだ。
そのなかでもひときは美しいガラテアは、*
色とりどりに輝く貝殻舟に乗ってやってくる。
アフロディチェが去ってこのかた、
ずっとパフォスの都で女神として崇められ

ガラテアは、……
ネレウスの娘たちの中で最も美しい女がガラテア。キプロスにある神殿からアフロディチェ（ビーナス）が去ったのち、名代としてガラテアが継ぎ守った神殿や貝殻舟の山車、その玉座を受け継いでいる。
帰ってくれ！　父親の幸せな気分にひたる日に
胸に憎しみを持ち、叱責の言葉で応じたくはない。
プロテウス*の元へ！　あの変幻の男に訊ねてみろ。
どうしたら一人前に姿形を生成できるのか、と。
（海の彼方へ去る）

ターレス　やれやれ、何の役にも立たなかったな。
プロテウスを見つけても、すぐに消えてしまい
会えたとしても、奴の話は結局のところ
びっくりさせ混乱させたりするだけだろう。
それでもお前さんには、何らかの助言が要る。
では試しに、この道をてくてく行ってみるか！
（退場）

セイレーン　（高い岩の上から）
あの向こうから海の上を滑るように
近づいて来るのは誰なのでしょうか？
風を孕んだ白い帆のように

プロテウス　「海の老人」といわれる変幻の神、予言を求められることを嫌い、変身して逃れようとする。ネレウスと同一視される。

こちらに近寄ってくる、
目にも鮮やかにはっきり見えてくる
光り輝く海の乙女たちなのか——
この崖を降りていきましょう
もうその声も聞こえてくる。

ネレウスとトリトンたち
この手に捧げている物は、
みなさんの気に入るはず。
大亀ケローネ*の甲羅に乗り、
厳かに光り輝いております。
お連れしたカベイロイの神々
どうか讃歌を歌ってください。

セイレーン　小さい姿形ながらも、
計り知れぬ怪力をもち、
難破船の乗組員を助けることで、
遠い昔から崇められている。

ネレウスとトリトンたち　カベイロイの神様たち。

大亀ケローネ
ヘルメスにより亀に化かされた。ヘルメスは死者の国へ魂を導く案内役とされる。旅人や盗人？の守護神である。

平和を願う祭りのためお連れしました。
この聖なる神々が厳粛に臨まれれば、
海神ポセイドンもおとなしくしている。

セイレーン　私たちよりそのお力は献身的です。
歌に魅了され難破船が沈んでも、
何はさておきその無双の怪力により
船員たちをお護りになる。

ネレウスとトリトンたち　三人の神を連れてきました。
四人目は来たくないと申しました。
三神以上に思い巡らす自分こそ正統である。
そう本人は申しました。

セイレーン　神は他の神々を見下すものでしょうか。
互いに憎みあうにせよ、
与えられた神の恵みを敬いつつ、
どんな災いをも怖れましょう。

ネレウスとトリトンたち　神は本来七人*なのです。

本来七人
人数で神を数えるのではなく柱として数えることもある。

セイレーン　ではあとの三人はどこにおられる?

ネレウスとトリトンたち　それがとんと私たちにも。
オリンポス山へ行けばわかるかもしれません。
ひょっとしてあそこには、まだ誰も知らない
八人目の神がおられるかもしれない。
私たちへの恵みの思いはお持ちですが
神々はこれからも成長に向かうのです。

比べるべきものなく出来上がりはまだ先で、
さらに到達するべきものを求めて、
渇望の中にも憧憬を求め進むのです。

セイレーンたち　神々がどこにおられようと
太陽にも月にも、その姿に祈りを捧げます。
昔から報われてもきたのですから。

ネレウスとトリトンたち　無上の名誉です。
今夜の祭りの先導を任されるのは。

セイレーンたち

古代の英雄たちが得た栄光が、
どのように輝かしく伝えられても、
この誉れには比べられません。
アルゴ船の英雄たちが得たのは
金の羊の毛皮に過ぎず、
あなた方はカベイロイの神々に
お仕えできたのです。

（全員合唱を続ける）

英雄が得たのは金の羊の毛皮に過ぎず
我ら／あなた方が得たのはカベイロイの神々。

（ネレウスの娘たちとトリトンたち、通り過ぎる）

ホムンクルス　なんとも変な造りの神々だ。
まるで不細工な泥の壺だ。
しかし賢人を自認する者はそれにぶつかり、
硬い頭を痛めるという道理なのですね。

ターレス　それこそ誰もが欲しがるもの。
　錆びがついてこそ貨幣の値が高まる理屈だ。
プロテウス　（姿は見えず）
　そうなら老いたる空想家の私には嬉しい！
　風変わりなほど尊重されるから。
ターレス　プロテウスさん、あんたはどこに？
プロテウス　（遠のき近づき、腹話術で）
　　ここさ！　今度はここさ！
ターレス　いつもながらの悪戯好き、
　咎めはしないが、友人ですから！
　だが嘘はいけません、おや、いない所からお声が。
プロテウス　（遠いところで）
　では、さらばだ！
ターレス　（小声でホムンクルスに）

すぐ近くにいる。光を強く。
奴は魚のように好奇心が旺盛だ。
どんな姿でどこに隠れていても、
炎にはすぐさま引き寄せられる。

ホムンクルス　了解しましたけど、
ガラスを割ってしまわないくらいで願います。

プロテウス　（大亀に変身して現れる）
おい、愛らしくきれいに光っているのはなんだ？

ターレス　（ホムンクルスを隠して）
よろしい！　もっと近くに寄ってみては。
何にでもたやすく化けられるなら、
二本足で出てきてもらいたいな。
こちらの隠している物が見たければ、
こちらの考えにも応じてくれなければね。

プロテウス　（品の良い姿に変身して）
取引がお上手ですな、お見事なやり口だ。

ターレス　変身願望が、今でも貴君の道楽ですか。
（ホムンクルスの覆いをとる）
プロテウス（驚いて）
光る小人か！　これはなんとも珍品といってよい！
ターレス　こいつはお前さんの知恵で自立したがっている。
本人いわく、どうも奇妙なことに
生命体として半出来のまま世に出てしまい
精神面はともかく、肉体面に実体が少ない。
なにせ重さといったら、ガラス瓶一本分
だからどうにかして実体を身につけたい、と。
プロテウス　お前さんは正真正銘の処女の子だな、
産む母体が在る前に生まれてしまったのだから！
ターレス（小声で）別の見方をすると、
面倒くさい両性具有ということらしいのです。

プロテウス　それなら、ちゃんとしたやり方がある。
いよいよという潮時には、
どちらの性でも出来ると思うが、
広い海で奴の仕事を始めさせよう！
考えすぎず第一歩は小さいことからがいい。
ごく小さいものを栄養として摂り入れ
だんだんに大きいものを飲み込んでいって
やがて高い段階に向け仕上げをする。

ホムンクルス　そよ風が気持ちいい。
青葉も匂っているし、気分もいい！

プロテウス　お前の言う通りだ小僧！
向こうの沖に出ればもっと晴れやかになるぞ。
岬の先に延びたところへ行けば、
もっと清々しい香りに包まれ、
さらに突先に立つなら行列が間近に見られる。
もうこっちにやってくる、すぐそこだ。
さあ、行ってみようじゃないか！

ターレス　私も一緒に行かせてもらう。

ホムンクルス　珍妙な異界からの三人道中でお出ましです！

ロドス島の鍛冶屋テルキネス族

手に三叉の矛を持ち

海馬と海竜にまたがり登場。

合唱（テルキネス族）*　荒波を鎮める三叉の矛、

その型をネプチューンに鍛ってやったのは俺たちさ。

雷神ゼウスが黒雲で空を覆い尽くすとみるや、

ネプチューンは恐ろしい轟で対峙する。

空から鋭い稲妻がごろごろ降り注いで海を射せば

重なる大波に揉まれて下から飛沫を跳ね返す

海の生き物全ては散々にいたぶられ、

深く海底へと飲み込まれる

今宵ネプチューンは三叉の矛を託してくれた

祭りの夜だ、この矛があれば安心して海原を往ける。

テルキネス族　噴火や暴風を引き起こす一族。ロドス島の守護神として（アポロンと同一視される）ヘリオスに仕えた。

セイレーンたち　太陽神のもと、この天気晴朗な日
昼の日差しに讃えられたテルキネスらよ
月の女神ルナを敬う気持ちを切にもとう、
この時こそ心からの歓迎の一言を添えて！

テルキネス族　空に架かる優しき女神ルナ様、
あなたの兄、太陽神を寿ぎつつ
どうか称える声をお聞きください。
幸福の島ロドスよりお耳にいれたいのは、
アポロンへの賛歌はどれもこの地より湧きいでた
太陽神の日めぐりにおいて日中天に昇れば
炎のような光で我々を照らしてくれる。
山々、町々、岸も波も望むまま明るい晴れとなる。
霧もまったくかからず、たとえあったとしても
一筋の陽光が射し、そよ風に包まれれば
島の大気は再び澄み渡る！
霊気の中、気高い神々はさまざまな姿に映し出される。
ある時は若者や巨人に、
ある時は偉大な神、優しき神に。

徳をもった神々の威光を厳かな人の姿に刻んだのは
鋳造術を知得しているテルキネス族によりなされた。

プロテウス

あのまま自慢させて歌わせておけ!
聖なる生命の輝きをもつ太陽にとって
ただの造り物は歯牙にもかけぬは。
鉱石をこねくりまわし溶かし込み
上手に像などこさえたつもりだろうが
そんな思い上がりが一体何なのだ?
どこにもあった巨大な神々の像が
たった一度の大地の突き上げで崩れ去り
瞬くうちに溶かされて、
みな再び鋳つぶされてしまったではないか。

地上での営みは、どんな形であれ
労多くしてなんの足しにもならぬのだ。
波の方がはるかに生命には役に立つ
お前を永遠の大海に運んでやろう
この俺が化けるイルカと一緒に。

（変身する）

ほら、もうなったぞ！

これで沖に出ればお前さんにも大きな運が向く

さあ、この背に乗せてやるから

大海原の女神との縁を俺が取り持ってやろう。

ターレス　望むとおり身の処し方を決めて、

はじめから創意工夫をやり直したらいい。

手際よく手慣れた動きで！

永劫の規範に即して働き、

あらゆる形態を学び尽くしてこそ、

時を経てようやく人として認められるのだ。

ホムンクルス　（イルカと化したその背に乗る）

プロテウス

精神だけの霊であっても波間へ来るがいい、

この空間で何をどうしようとお前の自由だ。

思いのまま動いてみたらいい、

だが、人になろうとするのは勧めないな、

つまり普通の人間になってしまったら、
限られた生命しかもてないというわけだ。

ターレス　そうなっても、それでいいのでは。
その時代のひとかどの人物になれるなら。

プロテウス　(ターレスに)
それこそお前が望むある期間、
ひとかどの在り方になればということか!
青白い幽霊どもに交じっていた何百年も前から
お前を見知っていたのはこの俺だ。

セイレーンたち　(岩の上から)
もっこり月の周りに描かれている輪
あの小さな雲の集まりはは何でしょう?
あれは愛に燃える鳩たちです
翼は白く光り、波から生まれたヴィーナスが
パポスの神殿から遥かここまで
放ってくれた鳥たちの一群です
祭りもこれで最後の大賑いなのです

楽しく明るく満ちる歓び！

ネレウス　（ターレスに近寄り）

夜道をたどる旅人は、あの月の輪を見て
大気の変化だと言い張るだろうが、
我々霊の見解はまったく違う。
実は我々こそが唯一正しい見方なのだ。
先導して付き従う鳩たちこそ月の輪なのだ。
娘ガラテアが乗る貝殻舟を
遠い昔に習い覚えた術で輪をつくり
いとも不思議な飛び方で追っていく。

ターレス　その意見にはまったく同感ですな、
素直な心に適うひとかどの知見といえる。
昔から静かで温かな団欒の会話でこそ、
生き生きと神聖な心が保てるのです。

プシュレン族とマルゼン族*　（海の雄牛、仔牛、
海の雄羊の背に乗り）

キプロス島の荒れた岩屋の洞窟に住み、

プシュレン族やマルゼン族たち
キプロス島の貝殻船の随行員。祭りの夜にはガラテアを乗せ海へ繰り出す。

海神の荒々しい波に閉じ込められもせず、
ザイスモスの地震で壊されもせず、
永遠のそよ風に身を任せ、
太古のまま身も心ものびのびと、
ヴェーヌスの貝殻舟を守ってきたのは我らなのだ。
ひそかに夜のしじまに耳を澄まし、
波が愛らしい紡ぐ褥に乗り、
新たな種族を気取る奴らに気づかれぬよう、
世にも美しい姫をここにお連れするのです。
我らはかしずきひそかに仕える、
掲げられたローマの鷲旗であれ、
空を翔けるヴェネツィアの獅子であれ、
遠征軍の十字架や、回教国トルコの半月旗であれ
どんな国をも怖れはしない。
どんな支配者が高みから君臨しようと、
王位を守るためここキプロスに住み
互いにどれ程殺し合い、追い出し追い出されても
田畑や町を蹂躪されても、
我らはこの先も変わらず
この地で美しき姫君のお供をするのみだ。

セイレーンたち

動きは軽やかに、節度をもち急ぎ
美しき貝殻舟に幾重にも輪となり
蛇のとぐろの動きで長き列を成し
もうすぐあなた方は近づいてくる
力強く素朴なネレウスの娘たち
母なるドーリスの優しさにほだされ
母君に似た優美なガラテアに仕えて
岸辺へと連れていきます！
神々のような威厳をもち
人の世の娘に負けぬ優雅さを携えた
あのガラテア姫を。

ドーリスの娘たち　（父ネレウスのそばを、合唱しつつ
皆イルカにまたがり通る）

月の女神ルナよ、
花のような若者たちを明るく照らす
光と影をお与えください。
夫にしたい若者たちを父に引き合わせるため。

（ネレウスの元に向かう）
この若者たちを怖ろしい波の牙から
私たちが救い出したのです。
葦と苔のベッドに休ませ
温めて正気に戻し介抱したのです。
ですから今度は熱い口づけで
謝意を表そうとしています。
どうか若人たちに好感を寄せてほしい！

ネレウス　慈愛により救いえたことで、我も得る歓び、
一つの善行で二つの益を授かる、まことに結構。

ドーリスの娘たち
父上、我らの御心で成したことに
頷きお歓びなら、どうかお認め下さい。
若者たちを不死の身に変え
永遠にこの胸に抱かせて下さい。

ネレウス　一人前になるべく大切に育ててほしい。
美しい獲物を伴侶に、というのは

ゼウスにしかできぬこと*なのだ、
この私が施すなどとてもままならぬ。
お前たちを揺らしあやした波のごとく
愛も永劫であろうはずがない。
ひと時の楽しい恋を夢見終えたら、
そっと陸地に帰してやることだ！

ドーリスの娘たち　やさしく、大切な人ゆえに
悲しく別れなければなりません。
大切な人との永遠の契りを望んだのですが
神々の許しがおりないのです。

若者たち　どうか娘さん達もこの先お元気で
我ら船乗りを末永く励ましてください
こんな幸福な日々は思ってもみませんでした
これ以上何を望めばいいのでしょう

（ガラテア、貝殻舟に乗って近寄る）

ネレウス　おお娘か、よく来たな！

ゼウスにしかできぬこと……　不老不死になること。

ガラテア　お父様！　うれしゅうございます！
待っておくれイルカよ、父の顔を見たいから！

ネレウス　やれやれ行ってしまった、もうあんな遠くへ。
輪を描くように、弾む思いに任せる如く、
私の切ない動揺を何ら気にする素振りもなく！
ああ！一緒に連れて行ってくれたら！
一目見た一瞬を胸に刻めただけでも、
また会える年を我が楽しみとしなければ。

ターレス　万歳！万歳！何度でも！
燃えるような歓喜を感じるのは
美と真実にこの全身が満たされるからか――
万物は水より生まれてきた！！
万物は水によって保たれる！
海神が永遠に統べるこの世界。
海水が雲を空に創り出さなければ、
小川にせせらぎもなければ、
谷川はどこにもできず、

大河をみなぎらせることもない、とすると
山地と平野、そして世界はあり得ただろうか？
大海よ、お前こそ新しい命の源なのだ。

こだま　（全員が一つになり合唱）
お前こそ生き生きした命の泉をもたらしてくれる。

ネレウス　一行がゆらゆら沖合に去り
もう眼と眼を合わせることもままならぬ。
あまたの群れが祭礼の姿を整え
数えきれない貝殻舟の編成を成しつつ
大きな鎖の輪を広げる。
ガラテアの乗った玉座の一艘だけは
一群のなかにいて星のように輝き、
遠くからでもはっきり見える。
まことの光で照らしている愛らしい姿が
こんなに遠くからでも
淡いが明るくはっきりと見える
ずっと近くにいる如く。

ホムンクルス
　この穏やかな水の世界で
　この僕が照らしだすもの、
　そのどれもが我を忘れるほど美しい。

プロテウス
　この生命を育む水の世界でこそ
　お前の光もますます輝き
　見事な音となり、きらめき響く。

ネレウス　隊列の輪の中央で
　何かが起こっているようだ。
　いったいあれは何の火だ？
　貝殻舟の周りで、何かが燃えている。
　強く、可愛く、時に愛くるしく炎が上がり、
　愛の鼓動を感じたごとく、さっと燃え終わった？

ターレス　あれはホムンクルスだ
　プロテウスに誘われてきた――
　何か悲壮な憧れに身を焦がしているのか

悶えるうめきがここまで聞こえてくるようだ。
ガラテアの輝く玉座に触れ砕け散るつもりか
や、燃えてぴかりと光った。もう溶け始めている。

セイレーンたち　砕ける波にパチパチと
明るく光る奇妙な輝き？
揺らぎつつ空を明るくしてくれる。
あの方は夜の海に燃えて散り
輪を描いていた者たちも一面の炎に囲まれた。
さすればエロスの神、* 一切をお任せ申します！
　神聖な炎で囲まれている
　海を讃えよ！　波を讃えよ！
　水を讃えよ！　火を讃えよ！
　一世一代のその冒険心を讃えよ！

皆一斉に！
　波打つ優しいそよ風を讃えよう！
　内に神秘漲る海の墓標を讃えよう！
　物皆その全てを司る（水、火、風、大地の）
　四大元素、そのいずれも讃えよう！

エロスの神
エロス（キューピッド）はアフロディチェの息子といわれ、半裸姿で翼をもった童子。愛を叶える矢を携える。

参照テキスト

○独逸古典叢書社版（2005）
（フランクフルト版全集全40巻からの
A・シエーネによる編集・校訂版）
○インゼル社版（2007）
○ニコル社版（2011）
○レクラム文庫（2014）
○レーゼヘフテ社版（学生文庫）（2015）

主要人物表

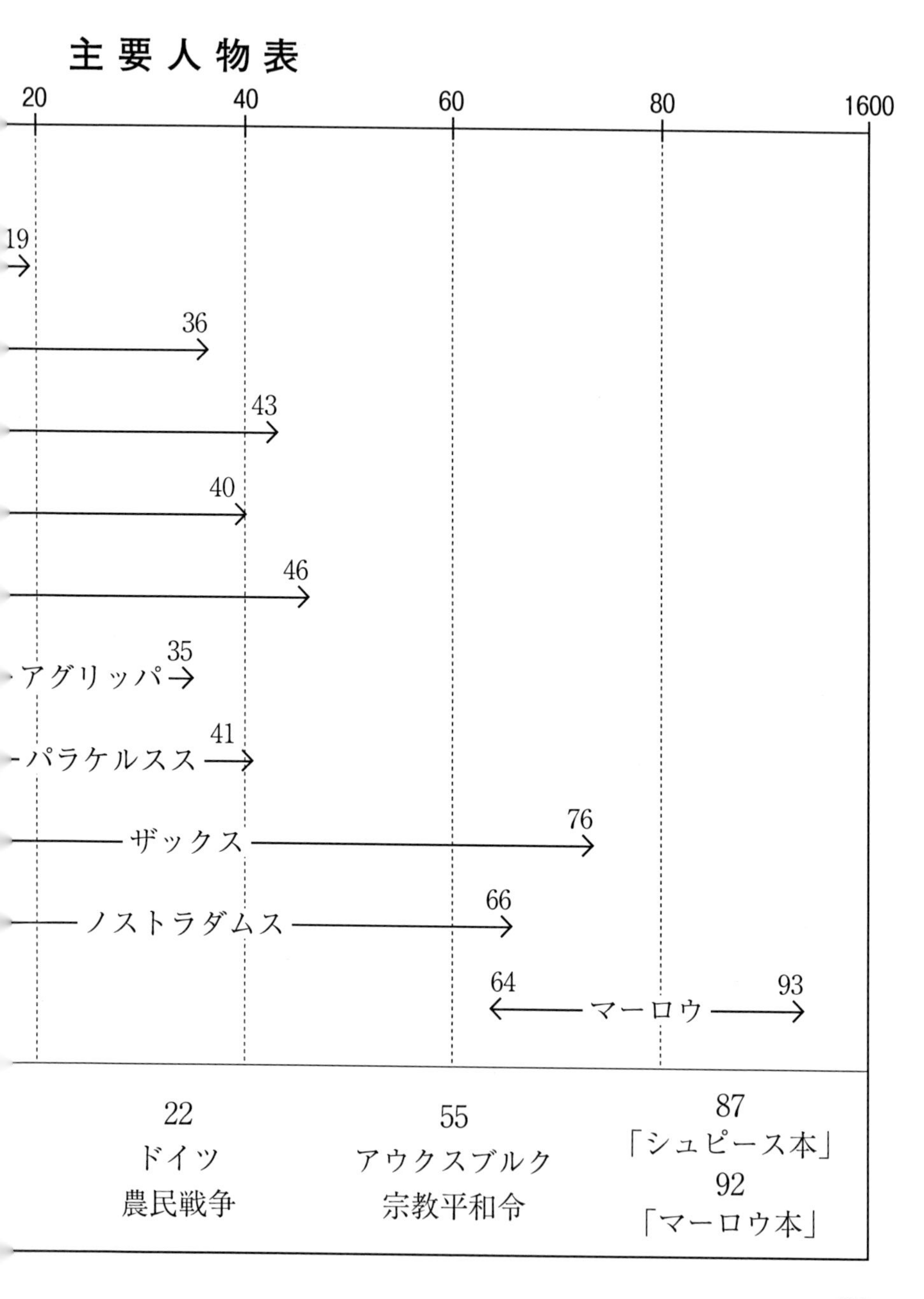

20
40
60
80
1600
19
36
43
40
46
35
アグリッパ
41
パラケルスス
76
ザックス
66
ノストラダムス
64
93
マーロウ
22
ドイツ
農民戦争
55
アウクスブルク
宗教平和令
87
「シュピース本」
92
「マーロウ本」

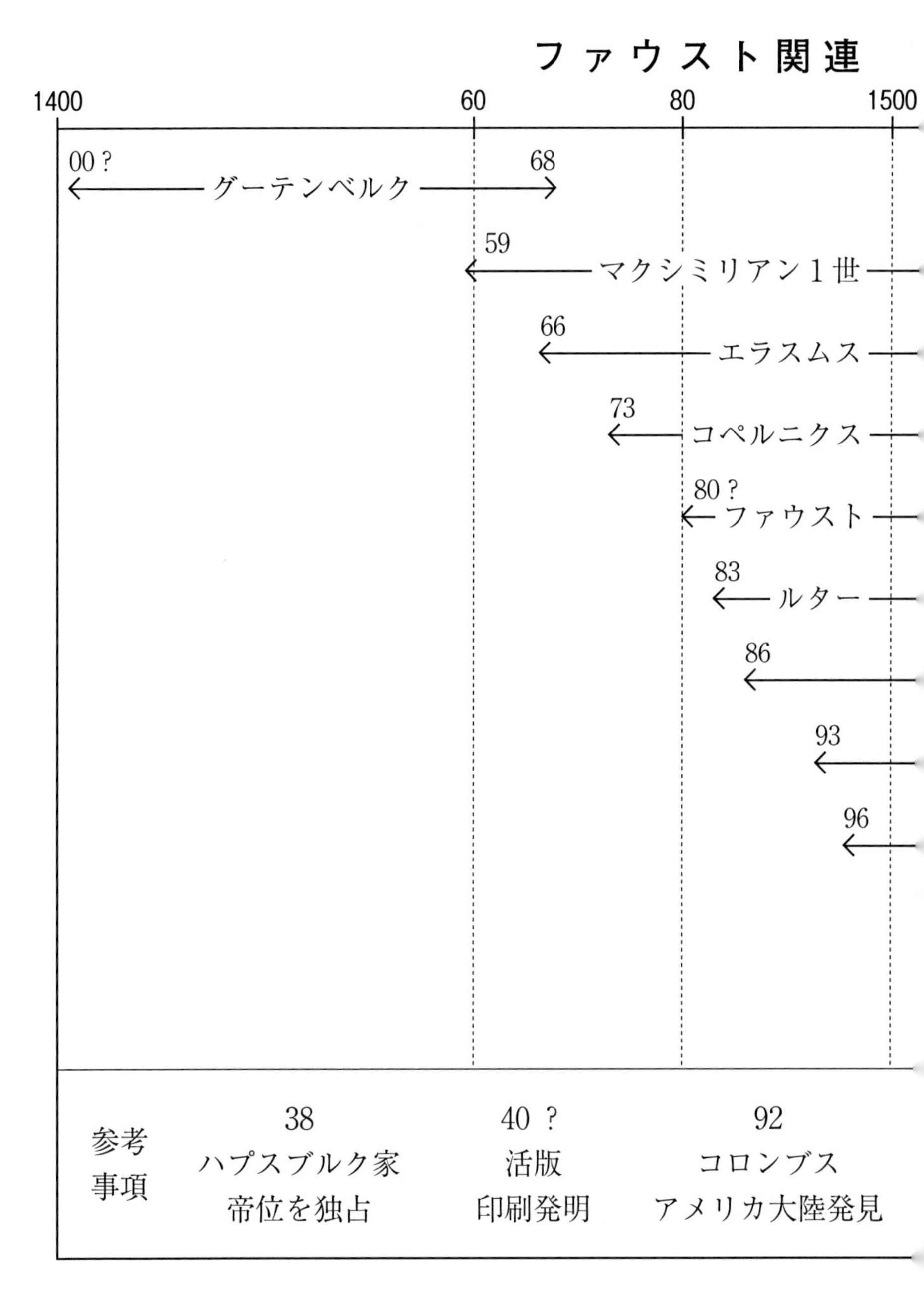
ファウスト関連
1400
60
80
1500
00？
68
グーテンベルク
59
マクシミリアン１世
66
エラスムス
73
コペルニクス
80？
ファウスト
83
ルター
86
93
96
参考事項
38
ハプスブルク家
帝位を独占
40 ？
活版
印刷発明
92
コロンブス
アメリカ大陸発見

あとがき

ファウスト第二部は全五幕からなる。今回は前半として一、二幕を刊行する。分量も丁度半分で、二冊に分けたのは私の翻訳能力と資金面の理由からである。第一部及び第二部一幕・二幕までの作品構成を簡単にまとめておきたい。

第一部

読者への「献呈詩」詩人、座長、道化師による「舞台での前狂言」天上の神とメフィストの契約で成り立つ「天上の序曲」《学者》悲劇ではファウストと黒犬メフィストの出会い、契約と旅立ち。《グレートヒェン》悲劇では二人の出会いから獄中での狂死までが。更に物語の進行には関わりがないが、劇として筋に抑揚や陰影を与える場面が多くある。「都城の門前」「ライプチッヒ、アウエルバッハの地下酒場」「魔女の厨房」「ワルプルギスの夜」などなど、そのどれもが演出家の見せ場となる空間である。

学識と思考によって宇宙を支配する原理を極めようとしたファウストだったが、結局メフィストの策にはめられ、この世のあらゆる享楽に浸り、ついにはマルガレーテを錯乱させ嬰児殺しに向かわせてしまう。「ハインリッヒ！」と叫ぶマルガレーテの声は悲痛である。どうにも手助け出来ぬファウストは「ああ、なんという、この世に生まれたが為の苦しみ」との思いを背負い、その責任を自らどうとるのか、その自責の思いは強まるばかりだった。

第 二 部

マルガレーテを獄死させてしまったファウストは、失意の日々に埋もれる惨めな男であった。どれくらいの期間を悶々と自己を責め、各地を放浪していたのかは全く書かれていない。

第一幕 ファウストが精神的に病み、疲労困憊して花咲く野辺に横たわっているところから始まる。次いで「優美なる地」ではファウストの昏睡と夢想の果て過去の忘却と過去への遡及が、宮廷での《困窮事情》では中世ドイツの領邦国家における贋金造りがメフィストの仕掛けで成功する。「暗き回廊」では異次元空間に降りファウストはヘレナを求める。再び宮廷での《顛末事情》はパリスとヘレナに会いたい、という皇帝の命を受けてヘレナの幻影に惑わされるファウスト、そこで演出される行進と火事。

第二幕 「実験室」では人造生命・ホムンクルスが誕生する。少年?はすでにもう千里眼を持ち、隣の部屋で眠るファウストが見ている夢の中をのぞくことができる。更に「古典的ワルプルギスの夜」ではファウストもメフィストも、古代神話上の英雄、妖怪、妖女たちと遭遇する。火成論者と水成論者との議論、エーゲ海の入り江でガラテアの乗る貝殻舟へのホムンクルスの激突死でこの幕を終える。

第二部でメフィストとファウストが辿る筋道は、第一部程は理路整然とはしていない。読み進める読者は見通しが判然としない不可思議な戸惑いを感じるだろう。古代の神々や妖怪が入り乱れて描き出され、劇の構成が掴みづらいからだ。しかしそれは人間の「生きる」ことの形を極めるためファウストとメフィストに託したゲーテが意図した演出である。神々と異形の者達が織りなす多様な空間が様々に時を超え縦断して現出する。それは中世に育ったメフィストさえも知らない古代ギリシャの世界だ。

出版が遅れた理由はこちらの甘さにある。ギリシャ・ローマ神話が下地にありこちらの生半可な知識ではたやすく進まず、神話上の表記など悩みに悩んだ。それゆえ諸先輩の訳とは異なる珍訳、迷訳もあることだろう。原文は韻を踏むにしてもリズムや響き、場のイメージなど多彩な、もしくは簡略化した表現が組み込まれていて、横の文を縦に訳す過程において、すでに何がしかのドイツ語の特性が削がれている。それは致し方ないが、単に読みやすさを求めず、前後の文とのつながりで省略したり補ったり文意を考えての訳は第一部と同様である。

とにかく時間がかかってしまった。第一部より七年という歳月が流れた。五十歳代から構想を練り第一部の訳は六十歳代から始めたのだが、第二部を手掛けている最中にコロナ騒動が起こり、ドイツ語の師である三上カーリン先生（一九三四～二〇一九）も亡くなられてしまった。次いで文学の師である北川太一先生（一九二五〜二〇二〇）も。悲しみに浸る余裕もなく、あっという間に私は七十代になってしまった。

第一部同様、種川とみ子さんには六枚の挿画を提供していただいた。ただその素晴らしい絵に拙訳がどれほど応えているのか心もとないのだが、むしろ助けられているのが実情に違いない。加えて山口春彦さんに感謝しなければならない。コロナ前に私のワープロ原稿に朱を入れて何度も送り返していただいた。訳のミスに加え私の直訳が、辞書を引いた日本語を並べる程度で、劇としての格調もなく、過ちではないにしても薄っぺらな見当はずれな訳で、それを正していただいた。例えば皇帝に対する臣下の言葉遣いになっていない……などなど。

今春に訳し終えてからは表記の統一、句読点の確認など全体をまとめる語句の編集、脚注の表現の選択において高校の友人・六車礼一さん、大学の友人・妙圓薗勉さん二人の協力を得た。訳者に全くない視点で全体の統一性が保てるよう細部にわたるまでサポートして頂いた。お二人には感謝しかない。更に気長に待っていただいた「いなもと印刷」の稲本修一さん他皆さんにもお礼をのべたい。

第二部の後半、三、四、五幕は、二〇二五年末の刊行を予定している。

（二〇二三年　盛夏）

種川とみ子（たねかわ　とみこ）

学生時代は油絵を専攻、何度も大病を克服し15年前よりミックストメディアの技法に移る。「共生」から「祈り」へ、作風は新たな円熟期を迎えている。

千葉県印旛郡酒々井町在住。

千葉県美術協会理事、日本美術家連盟会員。

妙圓薗　勉（みょうえんぞの　つとむ）

1953年 東京都文京区生まれ。

都立鷺宮高校を経て東京理科大学卒。

クラシック音楽のほか古典芸能にも関心を持つ。

六車　礼一（むぐるま　れいいち）

1951年 東京都杉並区生まれ。

海城高校を経て青山学院大学卒。

ギターアンサンブルに所属。

勝 畑 耕 一（かつはた こういち）

1952年 東京都葛飾区生れ。
海城高校を経て東京理科大学卒。
文芸詩誌「とんぼ」同人。

村田札詩集（私家版）（1979）
詩集「熱ある孤島」（2009）
詩集「わが記憶と現在」（2012）
「二本松と智恵子」絵・のぞゑのぶひさ（2013）

ファウスト　第Ⅱ部（前）

発　　行　2023年10月2日　初版発行
訳　　者　勝　畑　耕　一
編　　者　妙　圓　薗　　勉
　　　　　六　車　礼　一
発 行 者　曽　我　貢　誠
発 行 所　文 治 堂 書 店
　　　　　〒167-0021　杉並区井草2-24-15
　　　　　E-mail : bunchi@pop06.odn.ne.jp
　　　　　URL : https://bunchido.jp
　　　　　郵便振替　00180-6-116656
印刷製本　株式会社いなもと印刷
　　　　　稲　本　修　一
　　　　　〒300-0007　土浦市板谷6丁目28-8

ISBN　978-4-938364-670　C0098